LA MER DE LA TRANQUILLITÉ

Sylvain Trudel

LA MER DE LA TRANQUILLITÉ

Nouvelles

LES ALLUSIFS

Les éditions Les Allusifs remercient de leur soutien financier le Conseil des Arts du Canada et la Société de développement des entreprises culturelles du Québec (SODEC).

Les éditions Les Allusifs bénéficient du Programme de crédit d'impôt pour l'édition de livres du gouvernement du Québec géré par la SODEC.

ISBN 10 : 2-922868-46-X
ISBN 13 : 978-2-9228-6846-3
Bibliothèque et Archives nationales du Québec, 2006
Bibliothèque et Archives nationales du Canada, 2006

Diffusion et distribution
En France : Harmonia Mundi
Au Canada : Gallimard ltée - SOCADIS

Design graphique : Lyne Lefebvre, lynel@vl.videotron.ca
Maquette de la couverture : Lyne Lefebvre
Photographie de la couverture : Serge Clément

La vie sans les maux est un hochet d'enfant.

CHATEAUBRIAND

À Émilia Langlois

Épiphanies

Né en catastrophe une nuit d'Épiphanie, entre les Rois mages et Sa Majesté Carnaval, dans une maison de bois de Pointe-Gatineau, vieux quartier endormi sous la neige et les rafales au confluent des rivières Gatineau et des Outaouais, puis nourri au biberon de cellophane et de soupe mêlée de silence, j'en garderais à jamais la hantise du vide, de la froideur et du délaissement.

« Des journaux, vite ! Il s'en vient ! »

Dans l'attente des secours, ma mère s'angoissait à l'idée de souiller le lit conjugal, aussi mon père déploya-t-il sur les draps des feuillets de journal dans lesquels ma mère enveloppait les vidures des volailles, les arêtes de poisson et les épluchures de légumes. Puis, au moment où les ambulanciers déboulèrent dans la maison, ma mère tourna de l'œil — et les deux hommes surgirent dans la chambre dans un souffle d'air froid, des flocons plein les moustaches. Jugeant en hâte des choses, ils installèrent la parturiente sur le flanc gauche pour libérer la veine cave, ensuite ils enfilèrent leur surblouse et l'un d'eux déballa son matériel — compresses, aspirateur de mucosités, clamps —, enfila des gants stériles, aspergea le périnée d'antiseptique et l'ébarba au ciseau ; pendant que l'autre s'occupait de la jeune femme qui reprenait conscience : « De quelle couleur étaient les eaux ? demanda-t-il au père tétanisé. Claires ? Brunâtres ? Rosées ?

— Claires », intervint le premier en examinant la scène.

Peu de temps après, l'enfant parut, la face contre terre et le dos au ciel. Une fois le crâne et les épaules passés dans les convulsions viscérales, le bras gauche s'agita dans le vide comme celui d'un noyé minuscule, et c'est tout ce que ma mère put voir de ce petit Capricorne naissant, puis, dans un bruit de dégât, l'enfant gicla dans le papier journal qui lui impri-merait sur les fesses une avalanche de mauvaises nouvelles.

Une fillette se noie sous les glaces
de la baie Daragon.
Le sacristain se pend dans l'église Saint-Jean-Bosco.
C'est la guerre au Mozambique.

Le nouveau-né exhibait entre ses jambes boudinées une sorte d'escargot poissé de délivre comme de blanc d'œuf : c'était donc un garçon ; c'était donc moi.

« La main impure… la main impure… », sanglotait ma mère pendant que les ambulanciers me réchauffaient au sèche-cheveux, et elle grimaçait à l'évocation des hantises de la mythologie familiale — la main gauche ! résonnaient les voix de son enfance, la main impure ! Celle qui a une tête de cochon et qui entraîne la main droite dans le péché !

La Lune natale est dans la maison
du milieu-du-ciel,
avec Mercure,
planète des hautes études et des voyages.

L'horoscope me prédisait pourtant une vie contemplative et aventureuse où je m'instruirais de l'univers et volerais comme Mercure, des ailes cousues en talonnières à mes bottines orthopédiques, mon hochet brandi comme un caducée d'or, et j'aurais dû être une délivrance pour ma mère sujette aux tétanisations utérines, mais, né sans coiffe, je ne m'arracherais sans doute pas à ma destinée d'homme de peu, malgré mon soupçon de sang écossais. Et en outre, ma petite main implorante et le bonnet du gouvernement qu'on m'avait enfoncé jusqu'aux yeux semblaient me vouer à mendier le boire et le manger ma vie durant. C'est ce qu'on se répétait de mère en fille, dans cette famille où les femmes en couches, superstitieuses comme des Tziganes, cherchaient désespérément la membrane fœtale capable de racheter leur progéniture.

«Ça parle au diable... J'ai mis au monde un quêteux...»

Le surlendemain, ma mère paya à la paroisse une messe de relevailles pour forcer l'indulgence de Dieu, puis elle s'en remit à la sorcellerie du baptême pour conjurer la fatalité. Ainsi, un matin, dans l'église Saint-François-de-Sales toute résonnante de musique d'orgue et de psaumes chantés — *Le petit nombre de mes jours, fais-le-moi savoir, mais ne me prends pas à la moitié de mes jours* —, un vicaire m'ondoya sur les fonts. Saucissonné dans mes langes et maintenu en place par la tante Yvonne et l'oncle Bernard, mes marraine et parrain, j'héritai de prénoms démodés comme les chapeaux melon : Joseph Ubald Thomas Laframboise, «*in nomine Patris, et Filiæ, et Spiritus Sancti...*» Le vicaire au latin de cuisine, qui mariait les époux «jusqu'à ce que mort s'ensuive», baptisait les nouveau-nés «au nom de la Fille». Ma grand-mère Maloney, qui avait jadis appris le latin chez les Sœurs grises de la Croix au couvent D'Youville, coula à l'oreille du vicaire : « *Filii*…, *et Filii*… » Un peu d'eau lustrale coula néanmoins sur mon visage éberlué et perla dans mes cheveux rares, mais l'entourage s'acharnerait à m'appeler Tom pour me ramener au ras de l'herbe à poux, là où rampaient, comme des fraisiers, les racines ouvrières de la famille. Pourtant, Thomas avait été le prénom d'un fameux aïeul qui, du temps de sa splendeur, avait su se faire craindre et respecter ; un touche-à-tout qui fut fondeur de cuillères et rétameur de casseroles, protonotaire et marguillier, fabricant de bière d'épinette le jour et trafiquant de whisky de Saint-Pierre-et-Miquelon la nuit. C'est qu'on espérait voir le caractère impérieux de l'ancêtre se ranimer en moi, « vu que n'importe qui peut devenir quelqu'un », hasardait ma mère, « vu que la vertu roule dans le monde comme un dé ».

Des années plus tard, un dimanche de pluie, ma mère me raconterait ma naissance par le menu et j'examinerais les photographies de mon baptême comme les images d'un monde obscur où mon visage même, éthéré sous le voilage de mousseline, dissimulait mon secret : né par la main gauche, je fus le *signe du malheur*.

* * *

Des chevaux en miniature tournoyaient sur ma tête la nuit, dans les tintements d'une petite mécanique argentine, pendant que je m'hypnotisais sur les anges du papier peint et sur les lueurs des phares des automobiles qui glissaient sur les murs de ma chambre.

Le jour je m'éveillais dans un autre monde et je pleurais sans répit. Ma mère avait beau courir les cliniques de Hull et d'Ottawa pour me faire examiner sur toutes les coutures, les pédiatres se désolaient de ne rien découvrir. « Il va falloir l'endurer, madame », voilà ce qu'ils répondaient. Touchés de compassion, parents et amis se relayaient à Pointe-Gatineau pour prêter main-forte à ma mère et je passais de bras en bras sans jamais toucher terre. « C'est pas un bébé, disait ma grand-mère Laframboise, c'est une perruche. » On me promenait, me dodelinait ; on me faisait des mamours et on me soupirait des berceuses dans l'espoir de me faire taire, mais quelque brûlure secrète me suppliciait de l'intérieur.

Un jour, une belle-sœur fit part à ma mère d'une méthode infaillible pour me clore le bec : « Mets-le au four quinze, vingt minutes à cent degrés Fahrenheit, ça va le calmer. C'est ce que j'ai fait avec Martin et ç'a été miraculeux. » Ma mère fut outrée de ces propos, et pourtant, un soir, la cervelle taraudée par mes hurlements, ses nerfs craquèrent et elle m'enfourna comme pour me cuire à l'étouffée, mais elle me ressortit bientôt en sanglotant. Indemne, à peine chaud, je pus continuer de pleurer à fendre l'âme, jusqu'au jour où ma mère me découvrit une étrange propension à me laisser fasciner par les émissions de télévision. Dès lors elle prit l'habitude de me parquer sur la table du salon, ligoté à mon siège de bébé devant le bruyant appareil, une tétine enrobée de sirop de maïs fourrée dans ma bouche en cœur. Inerte et silencieux, le regard attaché sur des fantômes, j'absorbais les neiges électroniques et suçais mon glucose, comme heureux — et ma mère eut enfin la paix.

Les mois passèrent et j'appris à ramper, d'abord à reculons, et bientôt je sus marcher comiquement dans mes bottines orthopédiques, mais je n'allais jamais loin : je m'écrasais pour contempler les fourmis, les mouches et les araignées qui grimpaient sur moi. Je leur parlais secrètement, dans une langue qui résonnait en moi-même comme dans un trou, et mine de rien je vieillissais, envoûté par les sortilèges de la télévision, me bornant à murmurer des confidences au Jésus du crucifix et aux anges du papier mural avant de m'endormir. « Il n'a peut-être encore rien d'intéressant à nous raconter », supposait ma mère pour tout dédramatiser. En revanche, des voix m'envahissaient et me transformaient, des vérités m'éclairaient, mon esprit pénétrait l'écran du téléviseur et fouillait les énigmes de tous les visages. Le soir, des êtres grimaçants s'incarnaient dans les veinures de la porte de bois de ma chambre et le téléviseur déversait ses cris jusqu'à moi. Tout souffrait et mourait, la télévision m'inculquait ces malheurs. La nuit, me réveillant en pleurs de mes cauchemars, j'errais à travers la maison, et le jour je me glissais sous la table de cuisine d'où j'écoutais l'entrechoquement des casseroles et le sifflement du vent dans les fenêtres. Parfois je courais à toute vitesse pour distancer mes pensées, puis je me retournais brusquement dans l'espoir de les apercevoir.

Un jour, s'inquiétant de plus en plus de mon caractère renfermé, ma mère décida de me montrer à un spécialiste des maladies de la personnalité. « Mon garçon ne va pas bien, dit-elle d'emblée au psychothérapeute, même l'école maternelle ne l'a pas socialisé », puis elle se mit à pleurer. Le visage hermétique, le spécialiste nous examinait d'un œil sec, ses mains osseuses jointes sur ses lèvres closes, puis il ordonna : « Laissez-le-moi. » Ma mère acquiesça faiblement et sortit du cabinet. Restés assis en vis-à-vis, le psychothérapeute et moi nous dévisageâmes longuement, plongés dans un silence sidéral. L'homme avait un regard acéré, qui faisait mal. Toute une vie passée dans l'empire des maladies profondes lui avait creusé les yeux et les joues, mais soudain il dit : « Tu es détraqué ? Vraiment ? » Sur ce, il ouvrit un tiroir, saisit un revolver et appuya le canon sur sa tempe droite. Un afflux de sang me congestionna le visage et une frayeur me coupa le souffle. Je cherchais par où m'enfuir, mais mes yeux se fixèrent malgré moi sur lui. Et c'est seulement alors que mes lèvres ténues béèrent, façonnées sur une exclamation qui tomba de ma bouche.

Peu après, la porte du cabinet s'ouvrit et je reparus devant ma mère, les mains calmes et le regard tranquille, enfin libéré de la petite enfance.

« Pas d'autisme, rien, déclara abruptement le psychothérapeute. Il est normal. Au suivant ! »

* * *

Mon père pâle comme la lune, maigre comme un clou, qui dépassait tout le monde de sa tête osseuse, travaillait docilement à l'usine de produits forestiers E. B. Eddy, à Hull, où il fabriquait des allumettes, des haches, des cure-dents, des épingles à linge, des béquilles. J'en conserve l'image d'un homme triste qui rentrait souvent tard, exhalant l'alcool et la cigarette, mais il était doux, même ivre il était très doux, et tendre, si tendre que souvent il pleurait, perdu autre part et les prunelles vitreuses, et c'est pourquoi ma mère ramassait en silence ses bouteilles de bière vides, le cœur gros. Moi, le samedi, j'allais revendre ces bouteilles chez l'épicier du coin. Je n'étais pas toujours pressé de rentrer chez moi, alors je m'écrasais dans les marches de ciment de l'épicerie, recuit par un soleil de plomb qui l'été calcinait les rues et les pelouses, et je m'étiolais à manger des esquimaux, à noyer des fourmis dans mes crachats mousseux, à boire de l'orangeade à même la bouteille gommée qui attirait les guêpes tourbillonnantes. Je dépensais là toute la mitraille du fond de mes poches, mais je savourais mal cet argent triste né de l'argent bu de mon père, l'argent perdu de ma mère toujours voûtée sur un tricot, sur des patates à éplucher et des fritures, ou sur mes genoux écorchés, sur les efflorescences de la rougeole, de la scarlatine, de la varicelle.

L'été, sans mon père, je jouais au baseball tout seul sur les pelouses du parc Leamay et j'allais pêcher l'achigan sur les battures de la rivière des Outaouais où je rêvais d'aventures ; je m'imaginais sur le rabaska du chevalier de Troyes ou je me prenais pour le chef shawnee Tecumseh et vainquais seul ces Grands Couteaux d'Américains. Tard le soir, lorsque mon père allait se coucher dans la cave, un sentiment d'abandon me trouait le ventre et je sentais, sous le plancher de ma chambre, la toute-puissance des ténèbres où régnait cet homme pris de boisson.

Une nuit, j'eus le courage de descendre l'escalier pour m'enfoncer dans la cave comme au plus profond d'une angoisse. Tout impressionné par la respiration hachée de mon père qui gémissait dans ses rêves, je restai un moment à contempler ses longs pieds blancs qui dépassaient dans le vide au bout du lit de fer, ensuite je remontai me couler dans le lit conjugal, auprès de ma mère, mais dans mon sommeil saccadé je lui flanquerais des coups de genou et elle me repousserait hors de ses draps : « Va rêver dans ton grabat, espèce de tache de graisse ! »

Malgré ces petites misères, nous allions à la messe le dimanche, tous les trois, enfin réunis en silence, ma mère bien chaussée, sa bourse noire au fermoir d'argent à la main, mon père coiffé d'un chapeau de feutre piqué d'une plume de fauvette, moi la nuque fraîchement savonnée et le nez reluisant. Me mouvant dans l'église comme dans mes rêves, je voyageais en esprit dans les paysages bibliques des vitraux, cherchant des anges et des âmes dans les hauteurs de la nef, et lors de la consécration du pain et du vin je prenais l'étincellement du calice et du ciboire pour la lumière du Christ descendu dans les espèces.

«J'veux aller communier, s'te plaît, m'man.

— Plus tard, quand t'auras fait ta profession de foi.»

J'avais si hâte de recevoir l'eucharistie qu'au retour de l'église j'arrachais la mie d'un pain, la façonnais en hostie, l'élevais vers le crucifix de ma chambre, puis je communiais en cachette, agenouillé au pied du lit, répétant «amen, amen», ensuite j'implorais le Christ d'étancher à jamais la soif de mon père — mais le pauvre Jésus restait cloué à sa croix de misère, les plaies béantes, roulant dans l'agonie ses yeux pleins de détresse et d'impuissance.

Ces années-là, mes grands-parents Maloney débarquaient souvent à la maison avec une cargaison de livres pieux qu'ils achetaient à la procure ecclésiale des Oblats de Marie Immaculée. Vingt milles à l'est de Pointe-Gatineau, ils vivaient à l'ombre de la papetière MacLaren, à Thurso, petite ville nauséabonde à l'atmosphère saturée de sulfite d'hydrogène dégagé par la cuisson des copeaux de bois dans les autoclaves. Je sais tout ça, car mon grand-père travaillait à la MacLaren, au lavage de la pâte écrue de papier kraft, et les soirs d'été il veillait dans le jardin avec ma grand-mère, tous les deux oscillant dans la balancelle, parmi des nuées de maringouins et des relents d'œuf pourri qui flottaient entre les maisons, mais ils s'étaient accoutumés à ces pestilences, leur nez hors d'usage ne sentait plus rien.

« Ça pue trop chez toi, grand-maman, je veux plus y aller. »

C'est pourquoi ma grand-mère venait à Pointe-Gatineau avec ses livres pour me conter les histoires d'un lointain pays de figues-fleurs où le sang coulait au creux des rochers, récits grouillants de héros et d'ennemis, de prophètes et de magiciens, de chevauchées par monts et par vaux. La bouche béante, je m'émerveillais du savoir ancien de ma grand-mère qui déchiffrait les signes mystérieux imprimés sur le papier, et j'avais si hâte de lire tout seul que je disais en avoir des fourmis dans les yeux, mais en attendant je frémissais tout contre elle à l'évocation du carnage des petits enfants et des dix plaies d'Égypte (mes plaies favorites étaient le Nil de sang et l'épidémie de locustes) ; j'admirais Daniel dans la fosse aux lions et Moïse qui, près des lacs amers, ouvrait la mer des Roseaux pour les Hébreux. Parfois aussi ma grand-mère cherchait à m'édifier : « Le caroubier est l'arbre auquel Judas s'est pendu, mais ses gousses ont nourri saint Jean dans le désert. » Je faisais mine de comprendre ses allusions, puis je me replongeais dans mes livres favoris : *Le Livre de Job raconté aux enfants*, dans lequel le pauvre Job, allongé sur un tas de fumier, gratte ses ulcères avec un tesson et se lamente : « Quelle triste nuit que celle où j'ai commencé à vivre dans le ventre de ma mère ! » ; *Mon ange gardien*, où j'appris que les anges filent à la vitesse des avions à réaction ; *Vie de Dominique Savio*, le plus jeune saint mort à quinze ans ; une *Histoire de Jésus racontée par la Sainte*

Vierge, où Marie s'exclame : « Quand j'étais petite, à Nazareth, toutes les filles juives rêvaient d'être la mère du Messie ! » ; et des hagiographies de martyrs, Apolline édentée avec des tenailles, Ignace d'Antioche livré aux fauves par l'empereur Trajan, Elme qu'on avait éviscéré en enroulant ses intestins sur un treuil, Eustache et sa famille cuits dans un taureau d'airain chauffé à blanc, les jésuites de la Nouvelle-France au crâne fracassé et scalpé, la langue et les lèvres arrachées, un collier de haches incandescentes autour du ventre, et ainsi de suite les chrétiens massacrés.

Tout était bouleversant, mais je préférais les épreuves et les prodiges de Jésus, ce surhomme si beau, si brave et si intelligent. Je l'admirais tellement que le soir, dans mon lit, je me voyais prophétiser en Terre sainte où je guérissais les paralytiques et recevais d'un ange des messages pour l'humanité. Je rêvais à la multiplication des pains et des poissons, à la guérison des aveugles, du lépreux et de l'enfant du centurion, à la résurrection de Lazare, comme si j'avais été le témoin de ces miracles. J'en ressentais une telle impression de réalité qu'au réveil je me prenais pour un apôtre jeté dans la lumière par-delà les siècles. Et puis la Passion me bouleversait — ma grand-mère me lut cent fois : « Étourdi par du vin de myrrhe, le Christ fut supplicié au lieu-dit du Crâne… » Horrifié par les Romains qui avaient tué le fils de Dieu né d'une étoile, annoncé par un archange, je croyais voir couler mon propre sang de ses plaies et je souffrais de ne pouvoir remonter le cours des siècles pour arracher le Christ aux griffes de Ponce Pilate et des docteurs du Sanhédrin, puis je me recoquillais dans mes draps, les poings serrés de rage.

Noyé dans les nuits de Pointe-Gatineau, je suivais des yeux les lumières des phares des autos qui glissaient sur les murs de ma chambre, éclairant les anges du papier peint. Je regardais ces lueurs fantomatiques comme les âmes errantes des enfants morts avant le baptême, des suicidés, des vieillards et des malades disparus sans avoir reçu l'extrême-onction. Vaporeuses et solitaires comme de simples phénomènes atmosphériques, privées d'épaisseur physique et de profondeur charnelle, ces âmes vagabondaient misérablement dans la nuit, perdues dans un monde sans commencement ni terme, et j'en avais le cœur au bord des lèvres. L'âme serait toujours l'âme et cette idée me décourageait. On serait toujours soi-même dans l'éternité, cette solitude serait un esclavage perpétuel, et j'essayais de fuir ces sensations terrifiantes que m'inspiraient le corps et l'âme.

Un jour, des années plus tard, je comprendrais que le malheur de l'homme est d'être à la fois la galère et le galérien.

* * *

Au fil des mois j'appris l'art de la lecture en décryptant les livres pieux de mes grands-parents Maloney, mais aussi ce fameux journal dans lequel j'étais venu au monde et que ma mère avait gardé en souvenir de la nuit où elle avait enfanté. Quand j'ouvrais ces pages jaunies et gondolées, je m'hypnotisais sur la photographie d'un paquet de chair grise flottant dans le frasil — les restes d'une femme violée, égorgée et dépecée.

On retrouve une jambe en aval
du pont Lady-Aberdeen.

Et, à la page des notices nécrologiques ornées de photos, les défunts me regardaient dans le blanc des yeux pour quêter mon réconfort.

Depuis un an déjà,
un cœur d'or a cessé de battre
et une étoile de plus brille au firmament…

À l'hôpital Montfort,
à l'âge de 99 ans et 11 mois,
est décédée Dame Fleur-Ange Archambault,
épouse de feu…

Lucide jusqu'à la fin,
il continuait de s'intéresser à tout et à la lecture…

La dépouille est exposée au salon Machabée & fils…

Au lieu des fleurs,
des dons à la dystrophie musculaire…

Tourmenté par la mort et la souffrance, je ne comprenais pas pourquoi j'étais né en ce jour lointain où tant de gens avaient fini leur destinée, mais rien ne me touchait plus que le sort des âmes perdues, et cet amour continua de grandir en moi, à tel point que, un matin où je m'observais dans la glace de la salle de bains, troublé par mon visage dramatique et par mes yeux qui brillaient d'affection pour des hommes imaginés, je crus voir en moi un saint, un nouveau Dominique Savio.

***

Un dimanche de printemps, on m'emmena visiter l'oratoire Saint-Joseph, à Montréal, pour me faire adorer une fameuse relique du Thaumaturge du mont Royal, le cœur du Frère André qui baignait dans sa châsse translucide, un bon gros cœur de paysan pareil à une betterave marinée, ensuite on me traîna dans un capharnaüm aux murs couverts d'ustensiles pour les infirmes, évoquant un enchevêtrement inextricable de ronces et de lianes.

« C'est les béquilles, les cannes et les prothèses de tous les miraculés, me dit majestueusement ma grand-mère Maloney. Le Frère André guérissait les cancéreux et les handicapés, il frottait les malades à l'huile de saint Joseph… »

Sûr de ma vocation, je voyais déjà mes organes mis en bouteilles, après ma vie, dans un oratoire de montagne, livrés à l'adoration des multitudes guéries par mes prodiges — et la première âme que je voulus sauver des ténèbres fut l'âme assoiffée de mon père. Pour ce faire je me mis à la recherche de la clé de sa tristesse, sans doute égarée quelque part dans le passé de cet homme taciturne. Il faillit arriver qu'on me détourne de cette histoire, car les Laframboise refoulaient leurs ténébreux souvenirs, mais, grâce à l'alcool qu'ils ingurgitaient outre mesure, oncles et tantes se rappelaient des bribes de leur passé à une heure avancée de la nuit, le samedi, à la suite de frénétiques parties de cartes. Ainsi, à force de grappiller des échos, parfois même auprès de ma grand-mère Laframboise qui pouvait laisser échapper des aveux, je réussis à coudre ensemble les fragments pour restaurer la vérité.

La vérité est que mon père passa son enfance en pleine campagne pouilleuse. Petit, il avait tâche de décrocher le linge des étendages pour le protéger des saletés crachées par les locomotives au charbon et soulevées par les trains qui frôlaient la maison accolée au chemin de fer, mais, rêveur, il perdait le fil du temps et manquait souvent à son devoir. Un jour, les joues souillées de noir de fumée comme des culs de théières, il ramena une brassée de lessive salie par les escarbilles et sa mère le roua de coups. Son étourderie châtiée, il grimpa se réfugier dans la feuillée d'un arbre où il frictionna ses ecchymoses en pleurant. Il resta caché là trois jours et trois nuits, dévoré par les insectes. Pendant ce temps, son père, mon grand-père Wilfrid, travaillait aux champs tout en nourrissant une haine farouche contre leur voisin, un homme cupide qui leur menait une guerre silencieuse en vue de leur subtiliser leur terre.

Un soir, à la lisière d'un bois, Wilfrid piégea un renard enragé, la gueule hérissée de piquants de porc-épic. À la lueur d'un fanal, il traîna la bête garrottée à travers champs pour la relâcher dans l'étable de son ennemi et le renard mordit les animaux jusqu'au sang. Au bout de quelques jours les vaches ne donnaient plus de lait et meuglaient anormalement, les chevaux en détresse faisaient des roulades et se mordaient eux-mêmes, les cochons devenus ataxiques mastiquaient furieusement, et bientôt les bêtes paralysées moururent d'encéphalite. Durant l'hécatombe, Wilfrid proposa au voisin de lui céder une vache, une poule, une jument et une truie en guise de gages en échange de sa fille aînée, Marguerite.

« Et pour les saillies, ajouta Wilfrid, je te louerai mes mâles à prix d'ami. »

Acquiesçant à cette requête, le voisin arracha l'adolescente aux bras de sa femme, et voilà comment la belle Marguerite aux tresses blondes devint la domestique des Laframboise — mais Wilfrid couvait en silence une folie : dès les premiers jours de l'hiver, il prit la poudre d'escampette en carriole, emportant Marguerite avec lui, et le couple maudit sillonna les campagnes. La nuit venue, dans de petits hôtels miteux, Wilfrid offrait la jeune fille en pâture aux hommes en appétit, moyennant rétribution pour ce sacrifice à la lune, et il se constitua ainsi un rondelet magot. Mais peu à peu une odieuse rumeur se mit à les précéder sur les routes et des ombres les attendaient à l'orée des villages, dans les lueurs des flambeaux. On fouillait la carriole, on les questionnait, on les menaçait avec des crocs à fumier, mais Wilfrid tirait d'un cylindre le baptistaire falsifié de sa prétendue fille adoptive. Ensuite il ouvrait théâtralement une malle pleine de bibles qu'il bazardait aux bigotes des chapelles, aux nonnes des couvents, aux institutrices et aux paysans recueillis au pied des christs écaillés des calvaires.

Wilfrid écuma des régions entières et s'enrichit sans vergogne, jusqu'au jour où un cantonnier enleva Marguerite. Subitement dépossédé de sa chose dont il s'était épris maladivement, Wilfrid erra sur les routes et but tout son butin pour anesthésier son humiliation. Toutes ses bibles vendues, il rentra chez lui à Pâques, amaigri et désargenté. Souvent, dans la rumination de sa défaite, sa rage culminait avec la montée du soir, et pour se venger de la destinée il fouettait sa femme et ses enfants avec des bretelles de cuir, puis, d'une humeur massacrante, il réintégrait son épaisse solitude où il méditait des noirceurs.

Les semaines passèrent et une nuit mon père entendit des bruits à la cuisine où il surprit Wilfrid vêtu d'une pelisse de chasse, qui fourrait des provisions dans sa carnassière. L'enfant se jeta aux pieds de son père pour l'agripper aux chevilles, mais celui-ci s'élança hors de la maison. L'enfant nu le poursuivit et Wilfrid se retourna pour lui assener un coup de bâton en plein visage. Tombé dans le potager, l'enfant cria : « Papa ! Où tu vas ? » « Dans la lune ! » ricana l'ombre qui fuyait. Vomi par la forêt, un train surgit des ténèbres et Wilfrid se mit à courir, se cramponna à un wagon et fut comme ravi jusqu'au firmament. Arraché à sa famille, il disparut à l'horizon, et désormais son fils se réveillerait en sursaut au passage des trains de nuit, hanté par le souvenir d'un père emporté vers la lune.

***

Une fois l'enfance occulte de mon père dévoilée par d'innombrables biais, je me mis à songer au train de lune, la nuit, quand j'entendais au loin le cahotement des convois sur le pont du Canadien Pacifique, et je savais à quoi rêvait secrètement mon père soûl.

Le jour, je pensais maintenant à lui d'une étrange façon. À l'école, au cinéma, à bicyclette, avec mes amis, durant un match de hockey, je suspendais soudain mon souffle, tournais toutes mes pensées vers mon père et me disais : « Où es-tu ? Qu'est-ce que tu fais ? As-tu faim ? As-tu froid ? » J'avais compris le nœud de sa vie, cet homme vivrait désormais en moi comme dans une châsse, et c'est ainsi qu'il devint imperceptiblement mon propre fils. Et bientôt ma mère, de la même manière, devint ma fille. Voilà comment je devins le père de mes parents. Mais avant cela je dus mourir à moi-même, c'est-à-dire naître à nouveau au seuil d'une nouvelle vie où dominerait un autre moi-même, mais alors que mon enfance voulait s'éteindre dans la pitié, des réminiscences me retenaient dans l'empire des âmes, des liens invisibles m'attachaient au passé plein de rêveries. Le coup de grâce me fut porté par mon parrain, le dimanche de ma confirmation.

Ce jour-là, toute ma famille s'était réunie chez nous pour cette fête solennelle, grands-parents, oncles, tantes, cousins et cousines. Ma grand-mère Maloney parla du soleil de la jugeote qui me tirait enfin de l'enfance, ce petit purgatoire d'acclimatation pour les âmes juvéniles. Elle savait manier le verbe, mais il y avait du jour entre ses mots et mon enfance persistait sous ces ornements. Il fallut qu'un homme vînt ruiner l'âme finissante de ma naissance. Il fallut que mon oncle Bernard me prît à part, dans ma chambre, pour clore mon enfance. Il me dit d'abord :

« Il faut que t'oublies toutes les niaiseries que t'as lues jusqu'ici. »

Ce disant, il s'empara d'un livre dans ma bibliothèque : *Daniel dans la fosse aux lions*.

« Ça, par exemple : des lions souriants ! Ffff ! Jamais rien vu d'aussi débile ! Pourquoi pas des rhinocéros au charbon ou des girafes à manivelle ? » Il rit fort et ajouta : « À Rome, quand un lion dévorait un chrétien, c'était la première communion du lion. » Puis, tirant un autre livre des rayonnages, *Mon ange gardien* : « Les anges, c'est des rêves idiots de riches. » La preuve en était que tous les anges aux ailes bien lissées avaient les cheveux blonds et les traits fins. Chez eux, pas d'yeux bridés ni de pommettes saillantes ou de narines négroïdes. On cherchait en vain les anges lépreux, rachitiques, culs-de-jatte, mongoliens ou tuberculeux. Tandis que les petits pauvres du bout du monde qui mouraient de faim, du choléra, du typhus, ou qui crevaient au fond des mines de houille, ou même ces enfants d'ici brûlés vifs dans les incendies, noyés dans les rivières, écrasés par des ivrognes, ils n'en avaient pas, d'anges gardiens, affirmait mon parrain, ou bien, s'ils en avaient, c'étaient des anges soûls aux facultés affaiblies, des pourritures qui mettaient le feu aux rideaux, provoquaient les coups de grisou, limaient les essieux ou semaient des nuées de microbes du haut du ciel.

« Méfie-toi des anges comme de la peste, c'est des rats à hélice. »

Bouche bée, je buvais les paroles de mon parrain qui osait détruire le monde connu pour me précipiter dans l'inconnu. « Ce livre-là aussi je le connais, tes cousines l'ont, à cause de ta tante un peu gourde. » En achevant ces mots, il avait saisi *L'Histoire de Jésus racontée par la Sainte Vierge* pour me faire lire les caractères minuscules de la page de titre :

Texte original : L'ABBÉ LOUIS-A. LAGALE

Faussement attribuée à Marie, cette histoire de Jésus était un mensonge éhonté et je me sentis trompé dans mes espoirs passés, dépossédé de mes anciens sentiments.

Peu après, à l'église Saint-François-de-Sales, eut lieu la cérémonie où je fus contraint de m'humilier devant l'évêque engoncé dans son camail violet, une croix de topaze sur sa large poitrine.

« C'est un carnaval, me souffla mon parrain aux portes du sanctuaire, et plus tard tu vas rire de ces simagrées. »

Je m'avançai vers l'évêque qui trônait dans le chœur, sur son faldistoire, et je m'agenouillai pour baiser l'anneau épiscopal de taille héroïque qui brillait à la main du prélat. Et peu après, pendant la quête, mon parrain me murmura à l'oreille :

« Les espèces sont d'autant plus saintes qu'elles sont sonnantes. »

Après la messe, submergé par les baisers piquants de mes grands-mères, je coulais des regards tourmentés vers mon parrain pour qui l'âme n'existait pas plus qu'un sirop contre la stupidité.

« Mais ça ne peut pas s'apprendre, l'âme, lui demandai-je, comme la lecture, la nage ou la bicyclette ?

— Ce serait trop beau, mais il faut se méfier de ce qui est trop beau, n'oublie jamais ça : il ne faut pas prendre les culs pour des visages. »

Je réfléchis un moment, la bouche tordue, puis je remarquai : « Dans ce cas, on peut tuer qui on veut, quand on veut, où on veut ?

— Oui, c'est ce que les gens font, c'est ce qu'ils ont toujours fait. »

Au reste, l'homme n'était pas l'œuvre de Dieu, soutenait mon parrain, mais un accident de la chimie, aussi évoquait-il souvent « nos vrais dieux » : le carbone, l'hydrogène, l'oxygène et l'azote. D'où vient qu'il tenait ses adultères pour de simples phénomènes biochimiques incoercibles, des « tempêtes testiculaires », disait-il en ricanant, sans lien aucun avec la morale.

« Mais pourquoi viens-tu à l'église, mon oncle ?

— Comme bien des tartempions, je suis pratiquant mais non croyant.

— Je comprends pas.

— Pas grave. De toute façon, on ne sait rien de rien, mais il faut toujours envisager le pire, parce que, le pire, c'est le propre de l'homme. »

Ce soir-là, avant de nous quitter, mon parrain m'entraîna de nouveau dans ma chambre pour m'offrir son présent seul à seul, d'homme à homme.

J'avais déjà reçu une bible, une montre, un dictionnaire… C'est alors que mon oncle Bernard fit un tour de passe-passe et sortit des pans de son veston un magazine pornographique qu'il posa sur mon oreiller.

« Oublie un peu la catéchèse et étudie les sciences naturelles. »

Assis à mon petit bureau d'étude, je n'osais bouger ni parler, mais je lorgnais la revue à la couverture glacée où brillaient les seins nus et la toison d'or d'une longue déesse renversée. Entre-temps, mon parrain avait saisi ma Bible de Jérusalem flambant neuve. Il la feuilleta, en lut des passages en silence, puis, avant de tirer sa révérence, il dit :

« Judas a osé vendre Jésus pour trente deniers. C'est scandaleux ! Le Christ valait plus que ça. Moi, j'en aurais demandé cent pièces d'argent. »

Mon enfance mourut ce dimanche-là et je devins celui que je suis, vainqueur du sombre augure de ma naissance par la main gauche ; éternellement voué à mes deux enfants, ma mère et mon père qui survivent aux âmes perdues qui glissaient autrefois sur les murs de ma chambre.

Et, le soir de ce jour-là, le soir de ma profession de foi, ramassé sous ma couverture de catalogne et recueilli à la lueur d'une lampe de poche, je pus contempler pour la première fois de ma vie les lèvres béantes d'un sexe féminin. Troublé par cette plaie vive et palpitante, je crus y reconnaître un stigmate de saint François d'Assise, et je penserais très fort à cette blessure mortelle durant des mois, j'en rêverais toutes les nuits, puis j'y penserais moins, et un beau jour je connus la grâce, la femme vraie, suave et charnelle, rédemptrice de tous les sangs, qui m'inonda de son bonheur et de sa féminité, mais c'est la lointaine inconnue de la revue pornographique, offerte un dimanche par un parrain à son filleul, qui grava à jamais dans ma conscience la conviction que les femmes sont des êtres miraculés, bénis, dignes de foi, et que leur sexe irradie de lumière sanglante entre leurs cuisses, tel un Sacré-Cœur.

Deux visages

Les yeux clos, je revois les délicats édens poussés dans le givre des vitres. Les guirlandes lumineuses tressées aux balustrades enneigées, au temps des fêtes, pour célébrer la naissance d'un enfant-dieu. La flamme sanglante du brûleur qui rougeoyait par le hublot de la chaudière à mazout et qui projetait sur les murs les lueurs de l'éternelle crémation des âmes. Les perruques de notre mère confectionnées avec des cheveux de Philippines tuées pendant la guerre. Nos chaussettes qu'elle rapiéçait avec de la peau d'anguille. Les grillons que notre père emprisonnait dans une boule à thé, qui crissaient la nuit sous son oreiller. Le voisin miséreux qui cousait des boutons de sucre de pomme à sa vieille pelisse de pékan et qui les suçotait au printemps. Les arabesques des liserons, ces fleurs étrangleuses de fleurs, dont les tiges folles rampaient vers les pivoines pour les tuer — ces pivoines que nous vaporisions de jus de tabac pour les sauver des pucerons. Et je me souviens des jours où ma sœur aînée, Françoise, et moi nous balancions sur nos escarpolettes, croquant des tiges de rhubarbe givrées de cassonade et nous étourdissant de questions : Y a-t-il toujours quelque chose de plus petit que la plus petite chose; de plus grand que la plus grande chose? Notre maison de

Sainte-Rose-de-Lima, ni grande ni petite, trônait-elle au beau milieu des choses grandes et petites ?

Je ferme les paupières et me revois, un soir d'août, assis en Indien dans l'herbe avec un seau d'eau et une botte de carottes, guettant naïvement les licornes, centaures et chevaux ailés, parmi les cornements d'un train qui martelait le pont de fer de la rivière des Mille Îles.

Soudain, pieds nus dans la fraîcheur du soir, ma sœur avait paru près de moi.

« Le serein tombe, ah, ça y est, le serein est tombé. »

Ployant les genoux pour se mettre à ma hauteur, elle m'avait montré du doigt un coin du firmament : « Regarde bien, par là… » Au bout d'un moment, à la vue d'une étoile filante, j'avais fait un vœu, et l'instant d'après un flamboiement jaillissait à fleur de terre, comme une girandole tombée des cieux avec les perséides, mais c'est une torche vivante qui nous avait filé entre les mollets — un gros chat en flammes, immolé par des garçons du voisinage. L'animal avait traversé le jardin comme une flèche ardente pour aller brûler dans les framboisiers, dans un cri prolongé, déchirant, pendant que des voix à peine muées s'éloignaient dans la rue en cascades de rires. Sur quoi ma sœur avait saisi le seau pour aller arroser le chat à grande eau. Moi, resté loin derrière elle avec la peur au ventre, reniflant des odeurs de pétrole lampant, j'avais fait pipi dans ma culotte pendant que, à l'aide d'une bêche, Françoise enterrait le cadavre fumant sous les arbres. Après l'ensevelissement, ma sœur m'avait savonné en silence, avait nettoyé mes vêtements en cachette de nos parents, puis elle m'avait fait enfiler mon pyjama et mis au lit en m'effleurant le front d'un baiser.

Cette nuit-là, revoyant vaciller le nimbe doré des flammes parmi les tiges et les herbes, j'avais fait des cauchemars et m'étais réveillé trempé de sueur, promenant mes regards effrayés sur les pégases du papier mural. Pris de spasmes de l'estomac, j'avais régurgité des glaires et ma sœur m'avait lavé et consolé de nouveau : « Pleure pas, l'âme du chat est montée au ciel. » À ces mots j'avais tourné les yeux vers la lune qui jouait à travers un carreau, l'astre des loups accroché comme un nid de guêpes dans les branches d'un cerisier, puis, le visage enveloppé par la lueur de la veilleuse, Françoise m'avait promis que, si je me rendormais sagement, elle reviendrait pendant la nuit pour capturer dans mon filet à papillons toutes les lettres *z* qui s'échapperaient dans l'air, avec mon souffle, par mes lèvres entrouvertes.

Le matin, à mon réveil, j'avais trouvé, pêle-mêle sur ma table de chevet, une dizaine de petits *z* découpés dans des feuilles de carton, et le soir venu nous nous balancions dans le jardin, Françoise et moi, comme si de rien n'était, croquant des rhubarbes au sucre, nous demandant si les pommes ont un équateur, si nos lèvres sont gonflées de jus de pruneaux, si les saules pleureurs meurent de chagrin, s'il y a vraiment de l'eau jusqu'au fond de la mer, mais le chat flambant de la veille agonisait sous toutes mes pensées et j'écoutais battre à mes tempes mon nouveau cœur à deux visages, brouillé, meurtri, sous le vol saccadé des chauves-souris, parmi les grillons, tous mes *z* en poche, fouettant la lune de mes jambes maigres au beau milieu des choses grandes et petites, à mi-chemin entre les deux infinis, à Sainte-Rose-de-Lima, mon vœu oublié.

L'Oiseau-Tonnerre

Quand j'étais tout jeune et tout neuf, mes parents prenaient congé de moi l'été et m'expédiaient aux confins des terres habitées, dans le comté perdu de Sénécoupé, où je pouvais faire le traîne-buisson à mon goût, chez mes grands-parents maternels, cette paire d'hurluberlus prénommés, incroyable mais vrai, Prudence et Méthode — Prudence Gideon, la métisse, qui s'était mariée enceinte ; et Méthode Vandal, un ventru au visage boucané de qui j'ai hérité mon physique ingrat et mes oreilles décollées. Je retrouvais là-bas une flopée de cousins et nous jouions à découvrir les sources du Mississippi dans les marigots, nous revivions les guerres iroquoises, les voyages d'Albanel chez les Papinachois, les expéditions de Radisson dans la baie d'Hudson — et je me faisais orgueilleusement appeler Pierre-Esprit. Nous pêchions ouananiches et corégones, chassions les poules d'eau dans les sagittaires, et je revois les colimaçons dans la vase liquide entre les ajoncs, les ouaouarons bleus dans les miasmes, parmi des bruits de purée qui bout.

Ma plus lointaine mémoire de ma grand-mère est une scène de cuisine où, parmi ses fameuses « tartes au suc », elle remue une bassine de marmelade de cormes, ces petits fruits acerbes qu'elle faisait blettir sur la paille avant de les cuire. Et le plus ancien souvenir que je conserve de mon grand-père me le montre enfoncé jusqu'aux hanches dans la rivière du Bois Brûlé, auprès d'un formidable cheval blanc aux yeux doux. À l'endroit où l'eau avait touché le ventre de la bête, mon grand-père avait fiché un pieu dans le lit du cours d'eau, déclarant : « En deçà du piquet, la rivière m'appartient ; au delà, elle est à nos ennemis mortels, les bandits du gouvernement. » Moi, tout fortuné, j'étais le « petit venimeux » de mon grand-père, puisque, disait-il avec respect, j'avais du front tout le tour de la tête.

Une fois, j'avais passé la veille de la Saint-Jean à aider mon grand-père Méthode à pavoiser les poteaux de téléphone du chemin Tortu, ces croix potencées qui portaient les câbles électriques aussi loin qu'allait la vue. Faute de lis royaux, nous confectionnions des bouquets d'iris indigènes tachetés d'épervières pour symboliser le sang versé de nos héroïques patriotes de 1837, révoltés contre les Britanniques. Mon grand-père pilotait son pick-up de poteau en poteau, et moi sur la plateforme je m'ensevelissais sous les fleurs avec son chien, Gustave.

« Les chiens ont des puces, mais les puces n'ont jamais de chiens », avait dit mon grand-père pour me faire rire, puis, vers six heures, écrasés de soleil, nous avions sauté dans la rivière. Gustave se désaltérait à grands coups de langue et happait au vol les taons à orignal et les demoiselles aux ailes en cellophane. Après la baignade, il s'était ébroué sur les rochers, vaporisant l'eau de la rivière qui l'avait auréolé d'un brouillard lumineux. Le soleil jouait dans cette pluie fine et un petit arc-en-ciel était apparu autour du chien. Plus tard, j'avais débarrassé sa fourrure des têtes épineuses de bardane, puis, le soir de ce beau jour, un ivrogne avait écrasé Gustave sur la route pavoisée. De la chair, du pelage et des débris de viscères et d'os sont restés longtemps incrustés dans la chaussée, et le sang du chien y a fait des taches indélébiles.

Attristé par le chagrin de mon grand-père, qui aimait son chien comme un frère, j'avais eu le lendemain la folie d'en fabriquer un tout pareil à Gustave, mais j'avais eu la sagesse de commencer par l'enfantement d'une simple fleur. Avec des cure-pipes et du papier, j'avais confectionné une espèce d'œillet, puis, pour infiltrer la vie dans cette fleur artificielle, j'avais fait des gestes magiques et vaporisé sur elle du parfum de primerose de ma grand-mère Prudence, mais l'inertie de la matière avait persisté sous le papier. Enflammé par cet échec, j'avais ensuite modelé un rouge-gorge en pâte à tartes, piqué de plumes de poule. Des vrilles de vigne sauvage imitaient les pattes griffues ; deux têtes d'épingle, les yeux brillants ; un capuchon de stylo, le bec. Mais les gazouillis et les piaillements ? Par quel prodige logeait-on ces chants dans l'oiseau ? En désespoir de cause, j'avais découpé un tapis à longs poils et cousu gauchement les morceaux pour former un prototype de chien. Ensuite j'avais bourré ce mannequin de suif, d'os et d'abats de volaille grappillés dans les poubelles, puis j'avais secoué le tout pour créer un chaos fertile, mais la résurrection de Gustave n'avait pas eu lieu et l'énigme ultime demeurait : comment s'y prenait-on pour insuffler une âme dans une poupée de viande ? Incapable de percer le secret de la vie, je m'étais fondu dans l'automne avec mes lubies en me disant : trop de science et pas assez de religion.

Un autre été, comme la vie me décillait les yeux peu à peu, j'avais eu l'impression de redécouvrir ces lieux lointains où, après des années d'aveuglement, je marchais enfin dans l'univers de ma mère. Je pensais : ces croquias lui écorchaient les jambes, ces fraises lui tachaient les dents et les culottes. Je m'imaginais un bout de fillette qui cabriolait dans les brûlis et les champs, entre les grands cierges mauves des salicaires, puis j'allais me recueillir derrière le poulailler, sur la tombe d'un enfant mort-né, le jumeau de ma mère, Florian, qu'on avait enterré là, jadis, dans un étui à violon, avec une tripotée de poussins crevés.

« Dors bien, murmurais-je, fais de beaux rêves, mon tout petit oncle. »

Plus loin dans les fardoches, les abeilles des ruches voisines venaient déposer leur excédent de miel dans le radiateur rouillé d'une carcasse de tracteur. À la fin des miellées, mon grand-père récoltait ce miel sous le capot, puis, chassant les nuées de la main, il regagnait la maison pour nous faire frictionner ses piqûres au jus de plantain. Un jour, tout boursouflé de venin, il nous avait expliqué que les vieilles abeilles colmatent les fissures des ruches avec du mastic de bourgeons de peuplier.

Cernés par un horizon où se découpaient les dentelures des épinettes, mes grands-parents Vandal vivaient dans la friche, perdus dans un royaume d'herbe à puce et de brûlots, un coin de pays malvenu où l'on trouvait des perce-oreilles jusque dans son lit, mais où la nuit nous offrait un firmament comblé d'étoiles. Ces nuits-là, parmi les insectes qui faisaient bruire leurs élytres, mon grand-père Méthode organisait des concours de rots. Les pieds dans le feu et le menton en galoche dans les astres, il sonnait la charge et, multipliées par les échos, de formidables éructations d'aïeul ébranlaient les étoiles.

Attirées par ces fracas, des voisines surgies des ténèbres venaient griller des barbotes sur les tisons. L'une d'elles, Fatima, avait un bec-de-lièvre et les cheveux roux. Un monstre à la tignasse de sang, maugréait ma grand-mère, une « petite gueuse conçue pendant les époques de sa mère ». Un soir, mes cousins et moi avions baissé la jupe de Fatima pour reluquer sa queue de lapin, mais nous nous étions illusionnés sur cet appendice. Nous avions tout de même profité de ce déculottage pour exhiber nos parties honteuses.

« C'est quoi les noix qu'on a là, en dessous de la bizoune ?

— Les amygdales, je pense.

— Quand on se fait enlever les amygdales, on devient une fille ?

— Sais pas. On va demander à la p'tite gueuse.

— Hé ! Fatima ! Est-ce qu'on t'a enlevé les amygdales ?

— Les végétations, pour sûr ; les amygdales, je sais pas.

— Donc, ai-je hasardé, une fille, c'est un gars sans végétations ? »

C'est alors qu'un cousin plus âgé nous a révélé le sort qui nous guettait : « C'est pas des amygdales, c'est des testicules qui font tomber nos cheveux et qui vont nous faire mourir avant les filles, vu qu'un homme c'est poison. » Voilà comment j'ai appris que j'avais un diamant à l'éclat mortel dans mes bijoux de famille, mais au même moment les fourrés ont craqué. « Un ours ! Un ours ! » Nous avons détalé en sautillant, les genoux entravés par les culottes à mi-jambes, mais l'ours imaginé n'était autre que notre grand-père éméché qui s'en allait braconner.

« Bâtards d'hommes ! rageait ma grand-mère. Ça pisse l'alcool de cerises à cochons ! »

Moi, j'adorais les tonneaux de fruits sanglants qui fermentaient dans la cave et dont le nectar, une fois transmué en une sorte de kirsch, dégouttait du col-de-cygne d'un gracieux alambic. « De la bonne rincette », affirmait mon grand-père, mais un jour il est tombé malade pour avoir sucré sa mixture au carbonate de plomb. S'il n'avait pas été soigné par l'un de ses preneurs qui était vétérinaire, il serait mort de saturnisme, « en état de disgrâce », disait ma grand-mère Prudence, car il se fichait du bon Dieu, « ce grand Verbeux », raillait-il, toutefois il vénérait sa sainte trinité personnelle : la Rapine, la Sieste et la Boisson.

Entre ses soûleries et ses chasses, mon grand-père mettait à profit sa science de la pharmacopée traditionnelle : il abattait marmottes et moufettes, dont le suif enrichi de miel, de dents de cheval grillées et de mulots hachés lui servait à concocter une pommade contre la calvitie et un onguent contre le prurit, les crêtes-de-coq et le chancre de pipe. Et puis il savait bien de quel bois se chauffent les hommes et misait sur tous les tableaux en préparant des aphrodisiaques avec des pénis rôtis de coyotes ; une potion contraceptive à base de testicules de castor bouillis ; et un remède abortif, son fameux « pis-aller pour femmes furieuses », un décocté d'aiguilles d'if comme antidote à la vie rampante. Après quoi, arborant son collier de mâchoires d'opossums, il allait se battre avec les Indiens à qui il se vantait d'avoir ravi Prudence, la métisse. Voilà pourquoi mon grand-père avait un rognon flottant, un œil cave et les membres pleins d'esquilles, néanmoins il adorait les échauffourées, quand les coups pleuvaient dru, lui qui avait l'âme chevillée au corps, et nul ne l'empêchait de ramener les chevreuils qu'il dépeçait sous la lune, ni les poissons qu'il harponnait la nuit à la flamme d'un fanal. Nous tentions parfois de le suivre dans ses équipées, mais les rivières s'engouffraient en spirales dans nos bottes de pluie. À son retour, quand il étripait ses proies, nous nous pressions autour de lui et fixions du regard la lame étincelante qui éventrait les poissons, puis toutes les couleurs jaillissaient dans le papier journal, dans l'orgie des ouïes écarlates.

« Le dedans des êtres, expliquait-il, c'est la vérité crue, c'est toute la vie stupide des organes que le bon Dieu a toujours voulu cacher aux hommes. »

Mon grand-père Méthode remuait les entrailles des animaux sacrifiés, et ce rite païen me semblait une nouvelle révélation de la chair.

* * *

L'été, les jours orageux, l'éclair s'abattait parfois au milieu des troupeaux, et des animaux crevaient d'une fulguration, comme la vache Cornemuse, baptisée ainsi à cause de son splendide pis à longues tettes.

« C'est ma dîme au dieu de la foudre, philosophait mon grand-père, en échange de quoi les autres vaches et ma femme sont protégées. »

Mon grand-père était aussi célèbre par le fait qu'il possédait un cheval homosexuel, Fifi, qui se droguait en gobant des amanites tue-mouches. Un jour que Fifi souffrait de vertigo, mon grand-père lui a tranché la verge pour que le sang désengorge le cerveau en pissant à gros bouillons, puis il dessécherait cette verge de cheval pour s'en faire une trique avec laquelle il assommerait les lapins. Hélas ! le pauvre Fifi est mort du remède, saigné à blanc, les artères caverneuses sectionnées.

Une fois, l'éclair a frappé une croix de chemin, fracassant le christ de bois, ce qui a provoqué une vague de mortifications et d'actes de contrition chez les paroissiens, sous prétexte que saint Jean avait écrit dans son Évangile : *Pas un os ne lui sera brisé.*

Un autre jour pluvieux, Fatima a décrété que j'avais besoin de chirurgies plastiques, comme elle, et elle a voulu coudre mes affreuses oreilles à la peau du crâne pour les aplatir. Fourrageant en cachette dans le panier de couture de ma grand-mère, Fatima a trouvé du fil couleur chair qu'elle a mouillé de salive, puis elle a enfilé une aiguille et me l'a plantée dans le pavillon, mais, quand j'ai vu un peu de mon sang sur ses doigts, j'ai hurlé et ma grand-mère a vite accouru.

« Qu'est-ce que vous fabriquez là, mes p'tits choléras ?

— Je voulais être beau, j'ai les oreilles décollées.

— T'es pas si laid, voyons ! T'as les oreilles de ton grand-père, c'est tout. »

C'était une si maigre consolation que le lendemain je m'écorchais les lèvres avec une lame de rasoir pour les vidanger des purulences qui les boursouflaient, mais j'ai lâché de nouveaux cris à la vue du sang qui gouttait dans le lavabo. « J'ai des babines de bœuf... », sanglotais-je, mais cette fois ma grand-mère m'a étampé une fleur à cinq doigts sur les fesses pour me faire passer l'envie de me mutiler.

Peu après, en pénitence dans la véranda, j'ai vu le soleil transparaître à travers les nuages, au milieu d'une ondée, et les carreaux ruisselants, qui encadraient la campagne lumineuse, m'ont semblé des aquarelles. Oubliant par enchantement ma douleur au séant, j'étais redevenu heureux :

« Il va y avoir un arc-en-ciel et des mariages de salamandres ! »

Le soir venu, à la lueur d'une étrange veilleuse, une flasque remplie de lucioles capturées à l'aide du vieux voile de mariée de ma grand-mère, j'ai murmuré une prière :

« Quand je serai grand, maman, papa, je vous ferai honneur : je serai meilleur voleur que grand-papa, meilleur braconnier, meilleur menteur, meilleur ivrogne… »

Malgré sa verdeur proverbiale, notre grand-père n'en avait plus pour longtemps à sévir dans la brousse. Une nuit de l'hiver suivant, pris de boisson, il s'est écroulé dans la neige derrière l'église. Au matin le sacristain l'a ramassé au plus mal, mais il a survécu grâce à sa constitution d'homme de peine, à sa toque de loutre à oreillettes et à sa canadienne doublée de fourrure de carcajou. On a dû tout de même trancher dans le vif sa jambe droite nécrosée, de sorte que nous ne verrions plus gigoter, par les mangeures de ses bas, ses orteils cloqués d'œils-de-perdrix. Invalidé mais non débilité, mon grand-père a abandonné les escarmouches et la chasse et la pêche pour se joindre au petit commerce ; aussi m'a-t-il demandé un jour de clouer un panonceau sur un arbre.

À VENDRE
eau-de-vie de cerises-à-cochons (sans plomb)
bière d'épinette et miel de tracteur
lotion miracle contre les chauves et autres infections

Entre deux loufoqueries de son mari, ma grand-mère Prudence vaquait à ses tâches, jusqu'à s'effondrer de fatigue à force de soulager à distance les rages de dents, les encéphalites, les crampes menstruelles et les entérites ; et de juguler les hémorragies, voire la tremblante du mouton, le charbon du porc, le farcin du cheval. Partout le bruit courait qu'elle avait un jour ressuscité un bœuf mort d'avoir brouté des clous rouillés. Ce don surnaturel l'obligeait à dépenser toutes ses forces pour guérir les malades qui lui téléphonaient jour et nuit, et quand elle s'écroulait, les yeux chavirés, elle délirait :

« Les corneilles veulent me crever les yeux… Les taureaux se lèvent comme des hommes soûls… Oh ! un enfant brûle dans la cheminée ! »

On la giflait et elle revenait à elle pour réclamer l'indulgence des saints dans ses confiteor : « Ah, mon buis, je veux mon buis. » Je courais chercher le brin de buis, béni le jour des Rameaux, qui trempait dans le bénitier domestique, et à la manière d'un exorciste j'aspergeais ma grand-mère d'eau sainte. « Mes médailles ! Mon rosaire ! » J'allais quérir les amulettes dans un baguier en bois de cèdre ; puis le chapelet fait de noyaux de cerise pour les *Ave*, de noyaux de prune pour les *Pater* ; et ma grand-mère s'apaisait en serrant la croix tréflée contre son cœur, en dévidant son rosaire et en baisant ses médailles de la Vierge.

« Oh, très bonne sainte Anne, priez pour nous, pécheurs… »

Guérisseuse mais toujours au bout du rouleau, cette étrange métisse affirmait avoir un troisième œil dans le trou occipital, ce qui lui permettait de voir — outre le présent et l'avenir par-devant — le passé par-derrière ; et puis elle gardait dans une carafe ses calculs biliaires qu'elle jurait avoir extraits elle-même à mains nues et qu'elle chérissait comme un collier d'ambre — d'ailleurs elle cachait la carafe dans le soufflet d'un accordéon.

Un jour, ma grand-mère Prudence m'a offert un capteur de rêves (un entrelacement de babiche d'orignal monté sur un cerceau de frêne blanc et orné de plumes de balbuzard) et un bâton à exploits (un sceptre en bois surmonté d'une tête d'Oiseau-Tonnerre), objets magiques fabriqués par un sachem réfugié au fond des bois, auprès d'esprits timorés.

« La nuit, ton capteur emprisonnera tes rêves, et le matin les rayons du soleil brûleront tes cauchemars dans la toile, pendant que les bons rêves retomberont vers toi par les plumes. Et le jour tu veilleras sur le monde avec ton bâton à exploits. »

Le soir venu, reconnaissant envers ma grand-mère qui, croyais-je, s'était mariée « en sainte » et qui avait dû me transmettre des pouvoirs miraculeux, j'ai accroché dans mes rideaux l'ustensile ancestral qui valait mieux qu'un panier en foin d'odeur ou qu'un wampum, la ceinture de coquillages. J'avais bon espoir d'attraper, outre des âmes en peine, d'anciens rêves de jeune fille que ma mère avait oubliés dans cette chambre, et j'aimais à penser qu'avec mon capteur de rêves je tamiserais toutes les ténèbres pour n'en garder que la fine fleur, dont l'âme du jumeau de ma mère, Florian, et peut-être même l'âme du chien Gustave.

Le matin venu, la lumière entrait dans ma chambre, mais le capteur de rêves était désespérément vide. Seule pendait du plafond la spirale de papier tue-mouche toute poissée d'insectes écœurants.

Déçu, j'allais me rendormir quand soudain une bécassine des marais, qui avait pris les reflets de l'aube sur la vitre pour la surface chatoyante d'un étang, s'est écrasée contre la fenêtre. Le bruit m'a fait sursauter, puis je me suis levé pour hausser le châssis à guillotine. Là, penché au-dessus du vide, j'ai vu la bécassine rendre l'âme dans l'herbe après d'ultimes battements d'ailes, comme la mécanique cassée d'un jouet d'enfant.

« C'est le Saint-Esprit, me disais-je, il est venu se tuer ici… »

Sur quoi je suis sorti en tapinois pour aller enterrer le Saint-Esprit derrière le poulailler à l'aide d'une houlette à oignons, auprès de Florian et des poussins.

* * *

Tous les dimanches d'été, au milieu des résonances métalliques des cloches qui dansaient derrière les abat-son, j'allais à la messe au village au bras de ma grand-mère Prudence. Nous passions sous un grand Jésus bénisseur tout blanchi d'excréments d'oiseaux que je prenais pour des fientes d'anges, puis nous entrions dans l'église où l'eau consacrée frémissait dans les bénitiers de faux albâtre en forme de Saint-Graal. Les gouttes de feu des lampions vacillaient dans les godets couleur sang, des vieillards cassés égrenaient des chapelets dans la pénombre, les évangéliaires fleuraient bon l'encre et la myrrhe, le soleil filtrait à travers les couleurs liquides des vitraux et tombait en gerbe de rayons sur les nuques ployées. À mes côtés ma grand-mère priait, les yeux clos et les lèvres remuantes, agenouillée sous une grande Vierge bleue au nimbe d'or constellé d'étoiles, qui inspirait aux enfants une terreur sacrée.

Un dimanche, pendant la messe, une hirondelle a pénétré dans l'église et s'est perchée sur l'accoudoir d'un prie-Dieu. Désinvolte comme dans un pré, l'oiseau lâchait de brefs cris durs et roulés tout en lissant ses plumes, et j'ai cru reconnaître le Saint-Esprit ressuscité, sorti de sa tombe derrière le poulailler. Au bout d'un moment l'hirondelle s'est envolée vers les tribunes et s'est installée dans un tuyau d'orgue où elle a fait son nid. Les jours suivants, on a ouvert des carreaux pour faciliter ses allées et venues, on l'a laissée se baigner dans les bénitiers et on a affecté le sacristain à ses petits dégâts. Plus tard, après l'éclosion des œufs, les oisillons ont pris leur essor en se glissant, comme des notes de musique, entre la lèvre et le biseau du tuyau à embouchure de flûte.

Un autre dimanche, je me suis assoupi sous les marmottements du curé et les bourdonnements des fidèles, puis j'ai fait un songe peuplé de vieillards nus à tête de cheval, de porc et de vache, troupeau de minotaures qui se ruaient sur moi pour m'égorger. Quand j'ai vu mon sang mousser comme du lait rouge dans un Graal d'albâtre, je me suis réveillé tout étranglé de mon cauchemar et j'ai aperçu sur l'autel, se balançant entre les têtes, la silhouette gesticulante du curé qui fulminait son homélie contre les pécheurs :

« Le chien retourne à son vomissement ! La truie à peine lavée se roule dans ses souillures ! »

Je me suis redressé en me frottant les yeux, encore troublé par mon rêve, et j'ai essayé de prier, mais j'entrouvrais sans cesse un œil pour examiner mes doigts noués. Je chancelais, j'avais froid malgré les beaux jours ; ma foi et celle des autres ne coïncidaient pas vraiment. Quand les fidèles se sont agenouillés pour la consécration des espèces, j'ai lorgné tous ces visages recueillis qui avaient intériorisé de vastes vues qui les unissaient dans l'adoration du monde, tandis que je m'alarmais : le bon Dieu me semblait un être insensible.

« La preuve, pensais-je, c'est qu'il est éternel. »

Et je frémissais au pied de la Vierge dorée qui régnait sur la nef du haut de sa pitié froide, certain que Dieu vivrait toujours malgré tout, que rien ne pourrait jamais le tuer de chagrin, pas même la tristesse et le désespoir des malheureux, pas même la souffrance des malades et des innocents.

* * *

Par un dimanche d'août, après la messe, la veille de mon retour à Montréal, j'ai emmené Fatima courir dans les blés où nous avons fait s'envoler un cerf-volant. Les yeux de Fatima, gracieuse dans sa courte robe fleurie, luisaient comme des boutons de bretelles, et j'admirais ses petits genoux dorés quand la corde a cassé. Libre et fou, le cerf-volant a disparu au-dessus des bois, mais Fatima et moi nous consolions à l'idée que des enfants d'ailleurs retrouveraient notre cerf-volant collé comme un timbre-poste sous un nuage de pluie. Puis, un brin de fétuque entre les dents, nous avons dévalé les collines, emportés par la joie d'être ensemble. Plus loin, aux abords d'une tourbière, nous avons nourri une sarracénie en noyant des mouches et des mille-pattes dans l'eau verte au fond des feuilles en forme de petites aiguières, puis j'ai dit : « Les mille-pattes ont quarante-deux pattes, je les ai comptées. » Aussitôt après, nous avons dégusté des baies de petit thé qui goûtaient la gomme à mâcher, puis j'ai expliqué à Fatima comment mon pauvre grand-père, maintenant si mal jambé, saignait les épinettes qui suintaient ensuite d'épaisses larmes de gemme au long des blessures.

Cent pieds après, au pied d'un mamelon où le roc affleurait, nous nous sommes agenouillés à l'orée de la forêt, à l'endroit où, sous une pierre brillante, dans un creux de gravier entouré d'herbes, sourdait une source chantante — des eaux magiques qui passaient pour posséder les vertus d'un philtre —, la source du

Fauve, ainsi nommée parce qu'on y avait vu, un soir, un couguar s'y abreuver. Épouvantée par le mystère des lieux et se croyant menacée d'être dévorée, Fatima s'est blottie contre moi en geignant de peur. M'efforçant de rester brave comme mon grand-père, j'ai enlacé mon amie et j'ai senti sur mes mains la douceur de ses cheveux roux, dans mon cou la chaleur mouillée de son souffle angoissé. Pris d'étourderie et envoûté par le philtre, je lui ai planté un baiser entre le nez et le menton, droit sur le bec-de-lièvre qui m'a chatouillé la bouche comme de l'électricité, et Fatima a fermé les yeux malgré les hurlements qu'elle s'imaginait entendre au fond des bois.

Au retour, hébétés d'avoir frôlé le fauve mythique, Fatima et moi avons dirigé nos pas vers un sentier bordé de vergerettes où nous sommes tombés sur les pistes d'un chien que nous avons pris pour les empreintes du couguar, puis nous avons fui de toute la force de nos jambes, à travers des nuées de sauterelles, vers les maisons qu'on distinguait à peine au loin, égrenées sur le dernier coteau de l'horizon, et nous avons échoué chez les deux lesbiennes qui vivaient en autarcie, bottelaient du lin et ramassaient des patates parmi les chèvres et les poules tout en féminisant l'univers — « la soleil est magnifique, allons vendre nos belles légumes à la village » —, deux sorcières que je croyais folles à lier, mais qui nous ont régalés de jus de bleuet et d'un clafoutis aux poires d'amélanchier et aux pétales de roses.

Le soir de ce jour-là, mélancolique et amoureux, je suis allé marcher seul sur la grève. Le soleil mourait au bout de son sang, pendant que les vagues indolentes poussaient à mes pieds le bois flotté, et c'est alors que j'ai découvert dans les galets une belle agate laiteuse, toute colorée, qui semblait contenir des fragments des anneaux de Saturne dans ses agrégats cristallins. Un œuf de tonnerre, disait ma grand-mère Prudence. J'ai eu envie d'offrir cette agate à Fatima en souvenir de notre baiser électrique, de notre troublant dimanche et de nos secrets faits de vie et de mort mêlées, mais le lendemain je suis reparti pour la ville sans l'avoir revue.

Une semaine plus tard, à la rentrée des classes, je m'engouffrais dans une école où serait donné l'enseignement du deuxième cycle du cours secondaire, un bunker aveugle, perdu dans les terrains vagues en marge de l'humanité, où couraient dans les murs les gastroentérites, où les dégoûts du monde se transmettaient comme l'herpès de la face, où se heurtaient brutalement toutes les fragiles petites sociétés d'élèves issues des autres districts. Des mois obscurs et silencieux ont suivi, où des métamorphoses violenteraient mon pauvre corps, me voûteraient l'échine et me feraient des bras maigres, trop longs, et une grosse tête de bébé grandi trop vite. Affublé d'une carcasse que j'abhorrais au delà de toute expression, je me savais la proie de forces qui dépassaient les miennes, mais ma pensée, fuyante comme le vent, traversait les murs d'os, de chair et de peau de mon pauvre corps, aussi vivais-je beaucoup par l'esprit, dans un univers fantasmé où brillait le souvenir de ma petite Fatima du bout du monde, Fatima, l'amour de mes rêves.

* * *

L'été suivant, j'étais de retour chez mes grands-parents Vandal, vieilli, changé, la voix muée. Un cheveu décoloré m'avait même poussé sur le lobe de l'oreille droite, un cheveu atavique d'Indien. Je ne cessais de parler nerveusement de Fatima qui ne se montrait pas, et j'ai appris qu'on l'avait opérée du bec-de-lièvre. Languissant après mon adorée, je me suis employé à laver les alluvions du ruisseau Sénécoupé, pour passer le temps, et à ma grande surprise j'ai sassé une pépite d'or.

Quelques jours plus tard, n'y tenant plus, j'ai couru chez Fatima. Hors d'haleine sur l'allée de terre criblée de nids de fourmis, j'entendais fuser les stridulations des insectes et les trilles des oiseaux nichés dans les broussailles. Devant moi, au milieu des églantiers et des bataillons de verges d'or, apparut une masure recouverte de papier goudronné. Sur le perron gisait une banquette de camion éventrée qui laissait pendre de la bourre par les lacérations. En ruine près d'un carré de labour, une vieille Ford Meteor pourrissait dans une couronne de chardons. Trois enfants malpropres, les jambes zébrées d'égratignures, jouaient dans une mare de boue avec des bâtons et me regardaient par en dessous, deux autres lapidaient un crapaud réfugié sous la citerne de mazout. De la lessive flottait au vent, sous les nuages moutonnants. D'énormes cocons filandreux gangrenaient les cerisiers à cochons ; un peloton de guêpes bourdonnait dans les effritements du mortier, entre les briques de la cheminée ; puis j'ai failli vomir à la vue de la bicoque qui grouillait de milliers de chenilles noires. Les murs semblaient vivants, organiques, visqueux. Sur quoi une femme a poussé la porte-moustiquaire, une maigrichonne vêtue d'une longue jupe qui godaillait. Des chats ont bondi dehors et la femme a nettoyé le seuil d'un coup de balai qui a projeté un foisonnement de chenilles dans l'herbe.

« C'est rien, une épidémie, il va y avoir des tonnes de papillons… »

J'ai gravi les marches sur la pointe des pieds, le cœur révulsé, et j'ai pénétré dans la maison où flottaient des remugles de litière souillée, de lait suri, de graisse de cuisson et de chou bouilli.

«J'aimerais voir Fatima.

— Plus tard», m'a répondu la mère de mon amie, puis elle m'a fait passer dans une pièce encombrée d'objets ésotériques, parmi des rideaux d'amulettes et d'anneaux constellés accrochés au plafond.

«Je vais lire ton avenir, garçon. C'est toujours mieux de savoir ce qui nous pend au bout du nez.»

Je me suis assis dans un fauteuil qui exhalait des puanteurs de naphtaline, puis une chenille s'est mise à m'escalader le mollet, ensuite un chat grêle m'a grimpé sur les genoux. J'ai cru entendre les vagissements d'un bébé oublié sous les combles, mais aussitôt la mère de Fatima m'a fait ouvrir la main gauche sur sa table de divination. Après avoir étudié les rides obliques et courbes gravées dans ma paume rosâtre, elle m'a parlé de la ligne de vie — celle qui découpe le pouce et lui donne l'aspect d'un tout petit jambon —, de la saturnienne, des volutes du mont de Jupiter et de la crevasse du mauvais œil, puis elle m'a prédit pour bientôt un cancer du sang. À ces mots je me suis relevé d'un bond et je lui aurais fendu le foie d'un coup de pied, mais j'ai serré les poings et grommelé entre mes dents que je voulais voir Fatima.

«Elle ne vit plus ici, je l'ai vendue, tu ne la reverras jamais.»

J'ai déguerpi en bousculant tout sur mon passage et j'ai failli arracher de ses charnières la porte-moustiquaire. Fou de rage, j'avais envie de massacrer quelqu'un, n'importe qui, et sur le chemin de terre j'ai croisé un garçon qui pouvait avoir douze ans. Je l'ai saisi brusquement aux épaules et j'ai serré fort pour lui broyer les os. Je respirais bruyamment par la bouche, je lui crachotais de la salive au visage, mes mains tremblaient, mais le garçon n'avait pas peur de moi. Il attendait calmement que se passe mon accès de démence, et j'ai fini par le lâcher.

« T'es un des frères de Fatima, toi, non ?

— Oui.

— Ta mère dit que Fatima est partie. C'est vrai ?

— Fatima est ici, mais elle ne sort plus de la cave, elle est trop laide. »

J'ai soupiré férocement et j'ai craché dans le sable un énorme graillon, puis, plantant mes yeux dans ceux du garçon : « Même opérée ?

— Elle est pire qu'avant.

— Bon, O.K., écoute-moi bien : tu vas aller lui dire que je veux la voir et tu vas lui remettre ça de ma part. » J'ai fouillé les poches de mon jean troué et j'en ai tiré l'agate et la pépite d'or. « C'est pour elle, c'est des cadeaux, et tu lui diras que je l'aime. »

Sur ce, j'ai détalé sans me retourner et je n'ai pas la moindre idée des pensées qui ont pu transparaître à travers le visage du garçon. Il reste que je n'ai plus jamais revu la flamme féroce de la chevelure de Fatima, comme sa mère l'avait prophétisé dans la maison aux chenilles.

Fatima Bernatchez du chemin Tortu, fille des champs et des bois, ma petite rouquine des confins du comté perdu de Sénécoupé, ton ombre sacrée erre entre les cornouillers ensanglantés, dans la lumière de ma mémoire, mais les années ne sont rien et je te protège de loin en brandissant vers le ciel mon vieux bâton à exploits, comme un éclair à mon poing, la foudre d'un dieu exterminateur. Entends-tu le cri de l'Oiseau-Tonnerre ?

Le quadrille à Maman Maïs

Anxieux de bouleverser les foules désorientées, Jano Guillemette brûlait de voir sa vie devenir une affaire de grande conséquence, aux ramifications et aux inflorescences nouvelles. Espérant que ses actes préfigureraient le monde futur qu'il souhaitait voir advenir, un monde lavé des injustices, du malheur et de la souffrance, il aurait voulu jeter des charmes à poignées, mais des neiges verglacées gelaient les choses autour de lui. Aussi passa-t-il les premiers jours de sa fugue à souffler dans ses doigts, à battre la semelle et à grelotter sous les arches du pont Viau.

* * *

Une nuit où les étoiles scintillaient comme des révélations, Jano Guillemette s'était su fin prêt à quitter la chaleur de son foyer et il avait laissé errer ses yeux sur les murs de sa chambre pour intérioriser l'esprit des lieux. «Ça y est…, c'est ça…, c'est arrivé…, ça m'arrive…» Il quittait des choses qu'il avait aimées comme des êtres et il avait pensé, à cet instant, que toutes les choses contiennent des dieux, puis il avait fait le tour de son chez-soi une dernière fois. Se glissant dans tous les recoins où régnait l'invisible, il avait chassé de la main les présences infâmes et les principes du mal qui hantaient cette maison, puis, par l'entrebâillement d'une porte, il avait aperçu deux corps endormis, étrangement léthargiques après avoir tant fulminé. L'air de cette chambre, aigri par les haleines fétides, empestait les injures, et Jano avait fait à ses parents de silencieux adieux. Ensuite, pris de vertige devant sa nouvelle vie épique qui prenait enfin tournure, il s'était habillé chaudement et avait franchi la porte pour s'élancer dans la nuit et trancher ses attaches, soudainement dépouillé de sa vieille peau comme d'une mue, et tout de suite il avait entendu des voix qui l'appelaient au loin, les lamentations des malheureux, des prostituées et des déclassés, les cris de détresse des béquillards et des mendiants mangés de vermine.

Voilà comment l'ombre dégingandée de Jano Guillemette avait disparu en contrebas de la rue Jubinville, aux abords de la rivière des Prairies libre de glace au milieu de son cours, sous un ciel parsemé d'étoiles où flottait la lune variolée.

* * *

Couché en fœtus par terre, Jano voyait briller sur l'autre rive les lumières de son quartier natal et il s'imaginait sa rue Jubinville aux petites maisons ancrées dans la nuit, refuges dorés qui, en ces soirs de gel, devaient rayonner de leurs feux intérieurs. Il songeait avec émotion à sa mère et à son père, mais il ne ferait pas marche arrière : dans le renoncement à soi-même, Jano avait sacrifié ses parents, sa terre natale et son enfance en tribut à l'amour des malheureux, et il avait fait vœu de cette nouvelle pauvreté pour suivre son étoile, scellant ainsi la promesse de ne jamais revenir sur ses pas, de ne plus marcher dans les anciennes images de sa vie où il lui était arrivé d'être heureux.

« Mais c'est peut-être toujours comme ça, soupira-t-il, on croit que des choses vont arriver, mais ce sont d'autres choses qui arrivent. »

Sachant qu'il ne dormirait pas, Jano se mit debout pour se réchauffer et désengourdir ses mains jeteuses de sorts, puis il remonta ses lunettes sur son nez et s'en alla vagabonder dans le quartier Ahuntsic, calfeutré dans son parka, où il arpenta de somptueuses avenues satinées de pluie, bordées d'arbres centenaires et de belles demeures qui se miraient dans la rivière avec la lune émiettée. Enveloppé jalousement dans les soies de la nuit, ce quartier baignait dans la paix des cieux et paraissait à l'abri des fléaux. Jano avait l'impression de vaguer dans un rêve où les cheminées fumaient dans les étoiles, où les flammes des foyers jetaient des reflets dans les draperies — mais ces ondoiements n'étaient que le voile des apparences, pensait-il, et dans ces prisons dorées les pauvres riches devaient se consumer de tristesse au coin du feu, crevés d'argent, mais il acceptait de souffrir du froid, de la faim et de la solitude pour leur salut. Et puis il rêvait de leur enseigner le bonheur, « le seul, le vrai », pensait-il, le bonheur immatériel, mais il n'osait pas s'approcher des maisons : des écriteaux avertissaient les vadrouilleurs de prendre garde aux chiens. Il se contentait d'allonger le cou pour scruter l'intérieur des résidences feutrées de beaux tapis, à l'affût d'un richard pendu à un lustre de cristal, d'une pâle bourgeoise aux poignets tailladés, ligotée de perles, à l'agonie au pied de sa psyché.

« Je suis là…, ayez pas peur…, je suis venu pour vous… »

Vers deux heures du matin, Jano tomba enfin sur une demeure où, par une fenêtre illuminée, il crut voir deux silhouettes se balancer comme des pendus, mais les rideaux frissonnèrent et les ombres s'effacèrent, puis la porte s'ouvrit et un homme s'avança sur le dallage de l'allée. Chaussé de pantoufles de mouton et vêtu d'une robe de chambre soyeuse, ce sexagénaire tenait quelque chose entre ses mains. «On ne peut pas t'héberger, dit-il, mais on peut te donner ça pour te réchauffer…» Il tendit à Jano un plaid de laine à carreaux. «Et mon épouse t'offre ces gâteries…» Un sac de biscuits à la mélasse. «Bonne nuit, bonne chance !» Et l'homme regagna son domicile où sa femme voûtée l'attendait à la fenêtre en tenant croisés bien haut les pans de son peignoir ouatiné. Jano, lui, resta planté sur le trottoir, effaré, puis il ne trouva rien de mieux à faire que de se draper dans la couverture pour aller s'asseoir dans un parc où il engouffra les biscuits. Finalement il passa la nuit là, allongé sur le banc, à méditer sur sa destinée et sur les véritables espérances des hommes — et sur l'exacte nature de cette couverture qui puait le chien. L'aube le surprit replié sur lui-même, abasourdi de voir que des gens riches pouvaient être heureux, justes, sensibles et charitables. Tout bien considéré, les pauvres n'avaient peut-être pas le monopole de la vertu, ni de la pureté des sentiments et de la grandeur d'âme. Dès que cette idée choquante lui fut envisageable, Jano se vit apparaître dans toute son inutilité : «Les gens ont besoin de personne, ils ont pas besoin de moi pour être heureux…» À vrai dire, les uns n'étaient pas assez pauvres pour comprendre les exigences de ses privations, et les autres, pas assez riches pour apprécier son sacrifice à sa juste valeur, mais Jano ne pouvait le comprendre. Honteux de lui-même, il quitta le parc et erra au fond des culs-de-sac qui donnent sur la rivière des Prairies. Entortillé dans son plaid comme dans une toge d'apôtre, il avait tout l'air d'une apparition et pouvait voir, aux fenêtres des maisons, des yeux qui l'épiaient, et à partir de sept heures il se mit à croiser des passants cravatés qui, de toute évidence, savaient où ils allaient.

« Savoir où aller, pensait-il, quel bonheur ça doit être… »

Plus tard, à un carrefour, un camionneur mit la tête à la portière et lui lança : « Hé ! le prophète ! Tu fais peur aux corneilles ! » Sourd aux apostrophes des ignares, Jano poursuivit son chemin jusqu'aux abords de Cartierville où il s'arrêta dans le jardin nu du monastère des Sœurs de Miséricorde. Épuisé par sa nuit blanche et ses vagabondages, il se cacha dans les buissons du cimetière de la congrégation, se ménagea une enfonçure dans la terre en tortillant des fesses, posa la tête sur le sol et sombra dans un sommeil dépeuplé comme le néant d'avant la vie.

* * *

On piqua midi au clocheton, puis des voix se rapprochèrent et Jano rouvrit les yeux, se releva brusquement et reparut entre les tombes, devant deux religieuses éberluées, puis il poussa un geignement animal et se jeta à travers les broussailles, abandonnant là sa couverture hérissée de poils de chien.

Peu de temps après, la pluie se mit à grésiller sur la ville engourdie et la rivière se couvrit de bulles. Tout grelottant, Jano alla baigner son visage et nettoyer ses lunettes à même un lavabo plein de peignures et souillé de coulures de rouille, dans les toilettes d'une station-service où il attendit la fin de l'averse. Ensuite il gagna une rue commerçante où il se mit à marcher dans le sillage des passants dans l'espoir de flairer leur infortune. Il talonna de vieilles dames teigneuses qui criaillaient contre de vagues généralités, des écoliers qui sautaient à cloche-pied, de jeunes mères qui poussaient des landaus, des immigrés qui s'en allaient gagner leur vie dans les manufactures textiles, mais bientôt les femmes pressèrent leur sac à main contre elles, les enfants échangèrent des murmures, les hommes le foudroyèrent du regard. Il avait beau détourner la face, il avait les yeux obliques d'un vulgaire voleur à la tire. Agacé par ces malentendus, il laissa bifurquer les gens qu'il pourchassait pour aller faire le pied de grue devant un supermarché, à l'affût des épaves. De temps en temps, sur la foi d'un visage malingre, à la vue d'une démarche pénible, ou simplement aiguillonné par l'intuition d'un désespoir qui errait sur les trottoirs, il bondissait à la face d'un pauvre diable qui stoppait, ahuri, puis qui valsait de côté pour passer au large.

Après maints embryons de gestes avortés, Jano réussit à accoster une femme au visage raviné, à la hanche bote et à la tête encapuchonnée dans un fichu, qui tirait péniblement son chariot plein de provisions.

« Bonjour, madame, balbutia-t-il, il fait froid, hein, et la vie achève pour certaines personnes, c'est épouvantable. Et je me demandais justement si vous aviez besoin de…, d'être sauvée…

— Non merci, répondit la dame en renouant son fichu de laine sous le menton, c'est déjà fait, je suis sauvée, j'ai des bonnes pilules pour le cœur, et pour mon arthrite je prends de la glucosamine, mais si quelqu'un voulait tirer mon panier je dirais pas non… »

Confus et maladroit, Jano passa devant pour tirer le chariot jusque chez la vieillarde claudicante, deux pâtés de maisons plus loin, où pour le remercier elle lui offrit une banane tout en lui suggérant d'aller sauver les filles de son âge : « Les catherinettes ne demandent pas mieux, tu sais. » Se demandant s'il devait rire de bon cœur ou fuir honteusement, Jano finit par comprendre que, à cause de l'affliction qui les effarouche, jamais les malheureux ne dévoilent leurs secrets au premier vagabond venu. Pour se confier d'abondance de cœur, ils ont besoin de chaleur humaine et d'amitié, comme d'un cœur moelleux où nicher leurs plaintes, sur quoi Jano pressentit les énormes difficultés de sa mission, puisqu'il lui manquait l'auréole d'un rédempteur, les lauriers d'un héros, le panache des martyrs, jusqu'au simple visage rassurant d'un ami.

Plus tard, alors qu'il se réchauffait dans une pharmacie, apaisé par les remparts de pilules, de sirops et d'onguents, Jano se prit à songer à Jésus, à Moïse, à Mahomet, à Zoroastre, à Bouddha, ces démiurges qu'il avait connus dans ses cours de sciences religieuses, et il se consola à l'idée que même eux avaient dû éprouver les incertitudes paralysantes des commencements. Il s'imaginait les premiers pas timorés du prince Siddhârta quittant une nuit son palais natal pour six années d'errance ; l'angoisse schizophrénique de Moïse et de Mahomet, tourmentés par les voix du Très-Haut ; la solitude de Zoroastre face à la meute des prêtres iraniens ; et puis il voyait le Christ étendu sur la paille, ankylosé et mal réveillé par le dard de la onzième heure, épuisé d'avoir sans cesse retardé les miracles qui picotaient sa main depuis la crèche.

Comme tous les thaumaturges, Jano se sentait le cœur gonflé de sublimités, mais sa vocation au prodige l'angoissait. Cependant il se disait, rayonnant d'espoir : « Quand j'aurai sauvé de la lapidation ma première femme adultère, tout ira mieux… »

* * *

C'est en songeant à Jésus-Christ que Jano se mit à errer aux alentours du cimetière juif aux premières heures de la nuit ; et c'est en pensant à la femme adultère des Évangiles qu'il tomba nez à nez sur une fleur de macadam qui alléchait les hommes en feignant d'attendre l'autobus aux abords de la station de métro Sauvé. Cette créature était à ses yeux une race de sainte vierge dépouillée de sa valeur secrète par des détrousseurs de grand chemin, et aussitôt Jano souhaita la ramener au bercail, elle qui devait rêver d'un mari aimant, de beaux enfants bien élevés, d'une maison pleine d'odeurs de gâteaux.

Vue de près, cette femme aux longues jambes vertigineuses avait la peau d'une couleur de café, les ongles laqués, les cheveux crêpelés, les lèvres vermeilles et les dents plus blanches que du lait — c'était une Noire dans la nuit qu'on ne pouvait pas rater. Les grains du ciment grinçaient sous ses talons hauts, ses grands yeux de phosphore luisaient dans l'ombre, et une dizaine de bracelets d'argent, enfilés sur ses maigres attaches, sonnaient comme de la verroterie. Et puis elle portait en sautoir un symbole de vie, une croix d'or ansée ; et une gorgone en breloque, son amulette prophylactique ; et un grigri contraceptif, petite poire clinquante pleine de cérumen de mule.

Elle avait repéré Jano de loin, et lui avait le trac, n'ayant pas l'habitude des femmes, mais il bomba le torse pour avoir l'air d'une espèce d'homme.

« Bonsoir, mademoiselle… Il fait noir cette nuit, hein ?…

— Oui, soupira-t-elle. Il fait noir comme dans le cul d'un singe. »

Son accent des îles était charmant et Jano la complimenta sur son parler exotique. « C'est que j'habite l'île Jésus, dit-elle dérisoirement, je parle le lavallois créolisé. » Jano laissa échapper un rire nerveux, car les savantes joyeusetés de la jeune femme l'avaient tout désarçonné.

« Drôle de coïncidence, bredouilla-t-il. Tantôt, je songeais justement à Jésus, mais pas à l'île, à l'homme, je veux dire au Fils de l'homme, le Fils de son Père, notre Père… »

Jano s'enlisait dans les circonlocutions devant la jeune femme qui le jaugeait d'un air goguenard : « Tu serais pas un pentecôtiste, par hasard ?

— Euh, non, je suis normal.

— Es-tu sûr que t'as pas reçu le don des langues et de l'Esprit saint pour me dire que je suis malheureuse dans toutes les langues ? » Puis, s'esclaffant : « Me dis pas que tu veux m'asperger d'eau de désenvoûtement ! Eh, je suis pas une moukère maraboutée ! »

Jano ne comprenait rien à ce qu'elle lui racontait, mais pour éveiller en elle des sympathies maternelles il dit qu'il était un mineur au regard de la loi et que, à l'exemple du Christ, il ne jetait jamais la première pierre à personne, puis il lui demanda son nom dans l'espoir de tisser des liens sentimentaux.

« Je m'appelle Chimène bicause je suis née dans un fossé, au bord du chimin, mais appelle-moi Maman Maïs, c'est mon nom d'actrice.

— Moi, c'est Janvier, comme le mois, et Guillemette, comme des guillemets, mais tout le monde dit Jano pour aller plus vite. »

Ce disant, il pensait : « Assez jacassé, je dois passer aux actes pour faire un homme de moi… » Alors il gonfla sa poitrine et s'enhardit jusqu'à tirer de sa poche sa bille miraculeuse. Éberluée, Chimène recula d'un pas, croyant voir un œil de verre dans la main de Jano — avec tous ces psychopathes en liberté, elle avait appris à se méfier de la moindre extravagance —, puis elle se rapprocha pour examiner la bille à la lueur du réverbère et Jano put scruter son visage à peine chiffonné. Elle avait le blanc des yeux rose et brouillé comme de la gélatine framboisée, des pommettes de petite peste sans-gêne, des lèvres dédaigneuses, un regard sur le qui-vive et un menton orgueilleux, creusé comme une prune par un sillon délicat. Elle soupira de soulagement et sourit quand elle distingua une figure riante au cœur de la bille.

« C'est le bonheur immatériel, le remède universel et la clé de tout.

— Je vois, fit Maman Maïs d'un air morfondu. Mais je suis plutôt farouche et l'as de pique va te coûter plus cher qu'un sourire.

— Qu'est-ce que vous voulez dire par là ?

— Que je fais pas boutique mon cul à plaisir. »

Rougissant de ces équivoques, Jano se demanda comment avouer à Chimène qu'il ne désirait pas se perdre dans la béance de ses organes publics, mais bien plutôt sauver son âme en péril. « Je suis ici pour vous dans votre totalité, risqua-t-il, mais pas pour ça. » Il songeait à une sorte de ça dont il avait vaguement entendu parler — le ça freudien —, mais il n'arrivait pas à débrouiller ses raisonnements.

«Je suis comme un frère, la preuve, voyez : j'ai les poches vides.»

Désireux de prouver sa pauvreté matérielle, le plus sûr garant de la pureté de son action, Jano retourna les poches de son pantalon qui ressemblèrent aux oreilles d'une bourrique, mais une malencontreuse pièce de dix cents, cachée entre deux plis de la doublure, tomba par terre et roula sur sa tranche. Un sourire standard accroché aux lèvres, la jeune femme regarda Jano courir en rond après sa pièce de monnaie.

«Pour dix sous, t'auras même pas une caresse de mère, t'es trop jeune pour émotionner bibi. Si je te pétais le nez, tu moucherais du lait.»

La plaisanterie avait assez duré et Chimène souhaitait se débarrasser de Jano qui, lui, aurait simplement voulu la couvrir galamment de son parka, car elle devait avoir froid, cette pauvre fille venue des tropiques pour s'échouer à l'orée de la toundra. Et puis il aurait voulu lui faire oublier toutes ces nuits insensées où elle se dépouillait de ses merveilles, ces nuits inféconds qui la laissaient à demi morte dans le scandale de l'aurore, le cœur vide et nu comme un vieux sac à main. Les hommes devaient tous avoir un insatiable appétit pour le corps de cette femme, se disait Jano, mais si peu d'affection pour son âme délicate, et c'est pourquoi il souhaitait l'arracher aux griffes des profanateurs inassouvis qui la souillaient de toutes parts.

«J'attends pas l'autobus, lança Chimène, j'attends mon homme pour aller turbiner à l'horizontale, et je préférerais l'attendre toute seule.

— Et si votre homme c'était l'humanité ?»

Ces paroles avaient jailli spontanément de la bouche de Jano qui ne savait pas lui-même ce qu'il avait voulu dire par là, mais, surpris d'avoir répondu à Chimène du tac au tac, il se dit qu'une telle saillie ne pouvait que redorer son blason de blanc-bec.

« Impossible, trancha la jeune femme. L'humanité, c'est juste une idée vache qui se soigne au ratafia. Et puis il n'y a plus d'amour, rien que des agace-pissettes qui font la toupie avec du vent dans la jupe et un stérilet dans leur chatte en cul-de-sac pour tenir la vie en respect. Mais j'y ai déjà cru, à la belle histoire, j'ai même déjà eu un ti-moun en train, ç'aurait été un beau mâle, j'en suis sûre, il me donnait des coups de pied dans le ventre, mais une nuit il m'a filé entre les jambes comme de l'œuf. Je voulais l'appeler Jose, à cause du cyclone de 99, mais je l'aurais pas fait baptiser, il aurait pas eu besoin de religion, il aurait été si beau et si fort qu'il aurait été lui-même une religion pour les autres, mais bon, c'est trop tard. C'est fini. Et maintenant tu vas me laisser tranquille, toi, j'ai bien assez de mon cul qui me suit partout, sinon je fais signe à mon bienfaiteur, Rocco, un Sicilien de Saint-Léonard, et je lui dis que tu m'as craché dans les mains ta monnaie de singe. »

Bouche bée, Jano admirait Maman Maïs et n'aurait jamais voulu qu'elle s'arrête de parler, mais soudain, conduite par une ombre ventripotente, une berline en maraude s'arrêta à côté d'eux. Dans le cliquetis de ses bracelets, Chimène se déhancha pour s'appuyer contre la portière et les pans de sa doudoune s'ouvrirent sur une blouse décolletée jusqu'au nombril, révélant de petits seins rechignés. Le visage du type restait plongé dans l'obscurité, mais Jano pouvait observer le jonc d'or et les doigts boudinés agrippés au volant, puis il entendit les murmures d'un échange de vœux et de tarifs. Une fois le marché conclu, et tout en montant à bord de l'auto, Chimène lança vers Jano :

« Savais-tu que les nègres sont nés d'un grain de beauté sur l'os à moelle du bon Dieu ? »

Elle éclata d'un rire énorme et claqua la portière.

« Attendez ! bondit Jano. Je veux être votre ami, c'est tout ! »

Il courut dans la rue, faisant de grands moulinets des bras, mais la berline enleva Chimène dans la lugubre nuit montréalaise. Déçu de la tournure des événements, Jano s'accroupit pour reprendre son souffle au milieu de la rue. À l'évidence, personne ne le prenait au sérieux, mais il se disait : « Demain, il fera jour, on verra mieux qui je suis, je serai quelque chose pour quelqu'un… » Puis il botta une canette vide en bougonnant : « Et c'est quoi, ça, l'os à moelle du bon Dieu ? »

La lippe boudeuse, Jano traversa la rue Berri, attrapa les barreaux de la grille du cimetière juif, l'escalada, passa les pointes en fer d'un coup de reins et retomba du côté sacré des morts. Avançant à tâtons entre les tombes frappées d'étoiles de David et de chandeliers à sept branches, il dénicha un recoin où il logerait à la belle étoile, à l'abri du vent qui secouait les arbres et les câbles électriques, puis il se ramassa frileusement sur le sol pour partager la terre consacrée d'un certain Saül Dubsky, sandwiché entre les familles Cohn et Rosenthal.

Un peu de temps passa, puis un train de marchandises s'engagea sur le viaduc de la rue Berri dans un roulement cadencé. Les nuages bas réverbéraient le fracas des roues d'acier, le tonnerre de la locomotive, le tintement des cloches d'un passage à niveau ; et l'entrechoc de ces échos, mêlés aux sifflements du convoi, évoquait à Jano le désespoir des Juifs enterrés là, sous lui. Dormant de leur dernier sommeil, ces dépouilles semblaient nier à l'avance toute sa vie en lui signifiant qu'il serait impuissant à assurer le salut des multitudes, et ses mains pleines de miracles avortés lui élancèrent comme jamais auparavant.

Plus tard cette nuit-là, absorbé par un sommeil somnambulique, Jano dressa la tête entre les tombes et revit la silhouette de Chimène, cette femme impure et capiteuse qui espérait l'humanité sur son bout de trottoir tout en pleurant mélodieusement ses pays perdus.

J'ai fait moi une robe d'un sac à riz,
Des mocassins d'un bas de couvre-lit,
M'a pas fait veuve, pas fait fille
M'espère pour toi pour le quadrille !...

Revenue hanter les ténèbres pour ses idolâtres qui ne dormaient jamais, Maman Maïs dansait le calypso avec personne, sous l'astre froid du réverbère, à l'orée d'une nécropole hébraïque, sur la petite musique de nuit de son cœur bon marché, sûre de l'as de pique entre ses cuisses.

J'ai balayé les maisons des chiens
Tu peux les appeler Wasichu
Ça casse ton dos, jamais t'as rien
Ça vole ton cœur et ton bijou...

***

À l'aube, les rugissements des autobus et des camions tirèrent Jano d'un sommeil confus. Le cœur soulevé par les nappes de gaz d'échappement qui planaient entre les sépultures, il se redressa lentement, pris d'une migraine carabinée, puis ses yeux tombèrent sur un graffiti néonazi qui maculait une stèle voisine : *Noël au ghetto* ; *Pâques à Birkenau.* Ensuite il se leva en titubant, rajusta ses lunettes, se moucha dans ses doigts et quitta le cimetière pour aller se réfugier dans le métro.

Une demi-heure plus tard, tenaillé par la faim, il profita d'une accalmie pour trifouiller les poubelles. Parmi les papiers gras et les kleenex chargés, il tâta un trognon de pomme gluant qui le fit bondir de répugnance au moment même où s'engouffrait dans la station une nouvelle vague de voyageurs dégorgés par les autobus. Emporté par la foule, Jano fut rejeté près du guichet des changeurs où il se dandina dans l'espoir qu'on devinerait ses besoins, mais les passants somnolents ne le voyaient pas surnager dans l'écume, en marge de leur monde. À bout de ressources, il finit par s'humilier devant ces visages étirés qui défilaient sous la lumière sale des néons, et c'est ainsi qu'il étendit mollement la main pour mendier sa pitance — mais sa jeunesse ne l'autorisait qu'à quêter poliment, ce qui, croyait-il, l'excusait à moitié.

« La charité, s'il vous plaît… L'aumône, je vous en prie… »

Le regard fuyant, seul au milieu de la foule qui assiégeait les tourniquets, Jano s'attendait à recevoir des bourrasques d'injures, mais soudain une pièce de monnaie tomba du ciel, puis une autre, et encore une, si bien que, bientôt, les offrandes tintaient dans sa main. Il avait beau se tortiller en courbettes pour remercier les âmes généreuses, le déshonneur le faisait rougir : « Si ma pauvre mère voyait son pauvre fils… »

À ce moment-là surgit un petit bougre au visage jaspé de purpura. Vêtu d'une chemise de chasse à carreaux, le type avait le nez grenu, la barbe rare et la paupière gauche enflammée par un orgelet.

« Ôte-toi de là, bâtard ! Les matins sont à moi ! »

Il bouscula Jano d'un coup de fesse et s'installa à sa place pour mendier avec aplomb, tendant sous le nez des gens sa tuque béante aux couleurs des Bruins de Boston. Il était huit heures et les pièces de monnaie pleuvaient comme une manne providentielle dans une sorte de musicalité consolante, mais il n'y avait pas assez de place là pour deux mendiants. S'étant cassé le nez contre une loi de son nouveau milieu, Jano s'inclina devant ce nécessiteux, son inférieur hiérarchique dans l'échelle de l'indigence, petit homme qui lui venait à peine à la pomme d'Adam, mais qui ne manquait pas de chien.

« Excusez-moi, je vous demande pardon, je savais pas que… »

Tout en reculant de modestie, Jano lorgna le bras droit plus court que l'autre et la manche tirebouchonnée du manteau. À l'évidence, le pauvre homme avait un bras sans main, sectionné à l'articulation du poignet, et Jano eut vers lui un élan fraternel, à plus forte raison quand ce clochard s'éclaircit la voix pour scander des poèmes.

« Ô saintes plaies, vous me sacrez d'un sang de femme et m'exaucez, et je suis pur enfin, pur à jamais d'avoir été aimé ! »

La voix vibrante et les yeux étincelants, cet amputé savait triturer l'auditoire et déclamait ses vers admirablement. Tout ému, Jano s'assit sur le tabouret tournant d'une cabine de photo, puis, honteux d'avoir rogné l'aumône due à cet artiste marginalisé dont il s'estimait indigne, il compta les fruits de sa mendicité. Vers neuf heures et demie, voyant que le mutilé s'apprêtait à s'évaporer dans la nature avec son magot tintinnabulant, Jano s'élança hors de la cabine de photo pour l'inviter au restaurant. L'apercevant, le vagabond soupesa sa tuque alourdie par les pièces et dit : « La pauvreté, c'est comme le métro : elle a ses employés d'entretien. » Jano ne saisit pas la boutade, mais il sourit au mendiant et louangea son poème sur les saintes plaies.

« Oh, j'ai lu ça dans un livre chiant, répondit l'homme, et j'ai pensé que ce serait payant, alors je l'ai appris par cœur et je le recrache dans le métro, mais il faut savoir faire pitié quand on dit "pur à jamais d'avoir été aimé". C'est pompier à s'en arracher les cheveux, mais tout le monde adore ces chiures d'amour débiles, spécialement les bonnes femmes qui se pâment et jettent de l'argent dans ton chapeau. C'est comme ça, c'est les bonnes femmes, faut pas chercher à comprendre. L'amour est une vache à lait et la poésie est bête comme mes deux pieds, mais ça nourrit son mendiant mieux que la pitié.

— Justement, euh, à propos de nourriture, est-ce que vous aimez les œufs au bacon ?

— Je vendrais ma mère pour moins que ça !

— Bon, eh bien, si vous voulez, je vous invite à déjeuner. »

À ces mots, les yeux du mendiant étincelèrent de contentement et les deux hommes se serrèrent la main gauche : « Moi, c'est Magloire, mais si tu me dis que c'est un nom à coucher dehors je t'arrache la tête.

— Non, non, euh, Magloire, c'est un nom propre, très propre… »

Sur ce, les deux hommes sortirent du métro d'un même pas et dans la rue Berri Jano ne put s'empêcher de scruter les environs de l'abribus.

« Chimène, est-ce que ça vous dit quelque chose ?

— C'est quoi, une chimène ?

— C'est une femme de couleur.

— Connais pas ta négresse.

— Et Maman Maïs ?

— Connais pas ta maman non plus, mais j'ai un bon conseil à te donner, mon gars : accroche-toi pas aux bonnes femmes comme le choléra. Une bonne femme, c'est comme un pansement : ça soulage le bobo, mais ça doit servir rien qu'une fois. »

Sur le rire du mendiant ils enfilèrent des rues paisibles et soudain celui-ci désigna du menton son bras mutilé : « J'ai pas toujours été poète, non. Avant, j'étais un gars normal et je travaillais sur un bateau dans l'Arctique, mais un jour, à Frobisher Bay, je me suis fourré la main dans les engrenages d'une grue. Depuis ce temps-là je mendie de la main qui me reste et je picore les miettes comme une mouette. Et voilà, c'est dit, tu n'as plus à te poser de questions sur mon amputation.

— Oh, je pensais pas du tout à ça, monsieur.

— Mais oui, tu y pensais, comme tout le monde, hypocrite.

— Peut-être, oui, je l'avoue, pardon.

— Mais toi, enchaîna Magloire, t'as encore tes deux mains, tous tes cheveux et toutes tes dents, et j'ai l'impression que t'as grandi dans le beau linge, non ? Tu serais pas un fils à papa d'Outremont qui fait semblant d'être pauvre pour avoir l'air d'un marxiste crédible ? »

Le plus sérieusement du monde, Jano fit non de la tête et expliqua que, né à Pont-Viau, il avait été touché par le désir de changer le monde, et qu'une telle vocation l'obligeait au dénuement et aux privations.

«Pont-Viau, ouais, je vois... (À l'esprit de Magloire, cet humble lieu de naissance suffisait à innocenter Jano.) Dans ce cas-là, si tu tiens à quêter toute ta chienne de vie, je vais t'expliquer une chose : ceux qui passent devant toi sans s'arrêter t'auraient donné de l'argent s'ils avaient eu des couilles, et ceux qui te font l'aumône t'auraient craché dans la main s'ils avaient eu des couilles. Autrement dit, si les gens avaient des couilles, tout serait inversé : les bons seraient les méchants et les méchants seraient les bons.»

Jano souriait béatement, sans ciller.

«Ben oui ! insista Magloire, irrité par l'air vaseux de Jano. L'important, c'est de flairer de loin les chiens. Et pour commencer tu devrais te contenter de vivre aux crochets de la société au lieu de vouloir sauver le monde, parce que, au fond, les hommes veulent avoir ta peau, et si tu les sauves t'es cuit, parce qu'ils vont tourner casaque et te poignarder dans le dos, c'est dans leur nature. D'un autre côté, si tu te mets à travailler, t'es fait à l'os aussi, parce que tu vas vouloir une auto, un bungalow, une femme, une maîtresse, et l'argent que tu vas gagner d'une main tu vas le flamber de l'autre, mais je te le dis : t'es mieux tout nu dans la rue qu'à l'usine ou que pendu à un crucifix, parce qu'à l'usine t'es rien qu'un morceau de machine, et quand tu casses ils te foutent aux poubelles au lieu de te chouchouter ; puis sur la croix t'aurais beau crever dix fois, t'en ferais jamais assez, tu perdrais jamais assez de sang pour faire plaisir aux salauds comme moi.»

Le sens de ces grognements échappait toujours à Jano, mais il acquiesçait de la tête pour ne pas horripiler davantage son compagnon, puis ils franchirent le boulevard Crémazie pour passer sous les voies exhaussées de l'autoroute Métropolitaine.

« Octave Crémazie, soupira Magloire, quel poète merdique ! "À nous le fleuve aux ondes claires", et patati et patata. Bordel ! La poésie du fleuve majestueux me fait vomir. Le vrai Saint-Laurent, mon gars, celui sur lequel j'ai navigué, moi, c'est le côlon de l'Amérique. »

Au feu vert, ils traversèrent la rue Saint-Hubert, marchèrent encore un peu et gagnèrent un grand magasin de la chaîne Woolworth où ils s'attablèrent à la cafétéria tapie comme une oasis dans le rayon des sous-vêtements féminins. Ils pendirent leur manteau à une patère chromée et se glissèrent dans un box, sur les banquettes de moleskine où Jano aperçut le moignon de Magloire, dissimulé comme un petit animal craintif dans la manche de sa chemise mûre. « Par ici, le café homéopathique ! » lança Magloire à la serveuse, alors que Jano saisissait la serviette de papier pliée en bonnet d'évêque devant lui.

« Est-ce que ça vous écœurerait si je me mouchais dans ma napkin ?

— Tu peux te moucher dans ton foulard si tu veux, je m'en fous..., oooh..., doux Jésus... » Ce disant, Magloire s'était hypnotisé sur les étalages pléthoriques de soutien-gorge. « Oooh, l'homme est un bouledogue qui bave sur les brassières, les petites culottes et les bas nylon... »

Jano comprit soudain qu'il avait eu la déveine de tomber sur un vieil érotomane qui parlait trop fort au restaurant.

« Si Dieu a créé l'univers, dit Magloire, les femmes anéantissent Dieu d'un tortillement du derrière, parce qu'elles dominent le monde sur leurs talons hauts, et c'est pourquoi elles détestent les hommes. »

Là-dessus, la serveuse à gros souliers blancs et à tablier rose s'approcha — une courte femme potelée aux yeux noisette et à la crinière peroxydée, qui sentait à la fois la friture et l'eau de Javel et qui tenait à la main un globe de pyrex où clapotait une lavasse fumante.

« Salut, Magloire, dit-elle en déversant du café dans les tasses grossières. Deux œufs miroir, comme d'habitude ?

— Oui, deux avortements bien baveux, et remplis mon assiette à ras bords, c'est le jeune qui paye. Il se sent riche de cœur, le pauvre, mais je serais fou de pleurer le manger qu'il veut me fourrer dans le cornet. »

Imperturbable, la serveuse se tourna vers Jano qui parcourait le menu du regard. « Je prendrais deux œufs, du bacon et des fèves au lard.

— Tournés ou pas tournés ?

— Pardon ?

— Tes œufs. Tournés ou pas tournés ? Brouillés ou miroir ?

— Euh, je sais pas. Un tourné, et l'autre pas tourné. »

La serveuse leva les yeux au ciel en soupirant et pivota sur les talons.

« T'as vu, dit Magloire, t'as vu comme elle te déteste ?

— Vous croyez ?

— Ça crève les yeux ! Mais fais-toi-z'en pas, je la connais, elle est misanthrope jusqu'à la moelle, eh oui, regarde-la, ça vaut mille piastres… »

Jano jeta un œil en coulisse vers la serveuse qui faisait aussi la cuisine derrière le comptoir équipé d'une fontaine-soda, et ce qu'il découvrit le médusa : se croyant à l'abri des regards, la serveuse manipulait la spatule de manière à crever le jaune des œufs des hommes, mais elle cuisait soigneusement les œufs des femmes. Après, revenant à leur table avec les assiettes fumantes, elle grogna : « Les jaunes ont pété, excusez. » Jano et Magloire pouffèrent en la regardant s'éloigner, puis ils attaquèrent leur petit déjeuner en discutant de la pluie et du beau temps, ce qui incita Magloire à partager avec Jano son expérience de la rue :

« Quand les poux te dévorent, retourne tes vêtements et enfile-les à l'envers. Le temps que la vermine retraverse ton linge de bord en bord, tu seras tranquille une heure ou deux. »

Plus tard, voyant la serveuse s'amener avec l'addition, Jano murmura à Magloire : « Regardez bien ça, je vais changer sa vie. » D'un geste, il montra sa bille à la serveuse, et à la vue du cochon elle sourit, puis elle retourna vaquer à ses occupations. Bouche bée, Magloire venait de voir sourire cette femme pour la première fois et il n'en revenait pas.

« Maudit bâtard ! Qu'est-ce que tu lui as fait ?

— Je l'ai ensorcelée avec mon petit cochon magique. »

Incrédule, Magloire s'empara de la bille et sourit légèrement.

« Vous voyez, dit Jano, vous souriez, vous aussi. Je sais pas pourquoi, mais cette bille fait sourire tout le monde. Tenez, regardez bien… »

Jano reprit sa bille, se retourna et tapa sur l'épaule du client attablé derrière lui pour la lui montrer. Le type se démancha le cou pour fixer le cochonnet de ses yeux globuleux, puis il sourit stupidement avant de replonger dans son journal maculé de taches de margarine.

« Fameux ! s'exclama Magloire. On dirait du vaudou ou quelque chose comme ça. Et d'où elle vient, ta bille magique ? »

Jano hésita, puis il décida de raconter à Magloire ce qui s'était produit, des années auparavant, un dimanche d'été. Ce jour-là, Jano et ses amis avaient aperçu des parachutistes au loin au-dessus des toits. « Des parassutisses ! Des parassutisses ! » Ces édentés crachotaient comme des arrosoirs, la bouche ravagée par les sucreries, mais à ces cris les voisins avaient surgi des maisons et peu après un cortège de voitures s'était ébranlé vers les friches, aux confins des rues, où se dressait le chapiteau d'un cirque ambulant. Une fois l'auto de ses parents garée dans un champ, Jano s'était envolé dans une cavalcade d'enfants piaillards. Dans la grande tente, des clowns affublés de souquenilles moulaient des airs surannés sur des orgues de Barbarie, des cracheurs de feu vomissaient des flammes de dragon, des avaleurs de sabres s'enfonçaient des lames dans l'œsophage, des écuyères vaporeuses chevauchaient au petit trot. Il y avait même un tigre pelé, tout blanc et tout triste dans sa cage puante — un tigre albinos aux yeux rouges. Jano avait passé l'après-midi au cirque et plus tard, sur le chemin du retour, il avait cru apercevoir un œil de tigre albinos par terre et l'avait ramassé, mais il s'agissait d'une bille de verre avec en son centre un petit cochon rose souriant, et à la vue de cette bille son père lui avait fait l'aumône du seul sourire de leur vie commune. Tout chaviré, Jano s'était cru le possesseur d'un objet magique capable de rendre heureux tous ceux qui poseraient le regard sur lui, et depuis lors il ne s'en était jamais départi.

Après avoir écouté cette histoire, Magloire fit un geste autoritaire du menton pour signifier à la serveuse de leur resservir du café. « T'as raison, dit-il, c'est inoubliable, le sourire d'un père. » Puis il se sécha les yeux comme s'il pleurait d'attendrissement, mais il étanchait son orgelet.

« Moi aussi, mon père m'a souri juste une fois, quand j'étais jeune, le jour où je lui ai annoncé que je voulais prendre la soutane. Il a éclaté de rire et m'a répondu que j'étais trop vicieux pour faire curé et trop stupide pour aller à l'école, alors je me suis engagé au port de Québec. Le lendemain je m'embarquais sur un cargo et je découvrais la vie de débauche dans les villes étrangères, le jeu et la contrebande, les beuveries et les batailles au couteau. Finalement, j'ai rien regretté, et un jour j'ai ramassé une fille qui traînait sur les quais, ici à Montréal, et je l'ai mariée pour qu'elle m'attende dans un logement vide toute sa vie. J'aimais savoir que j'avais une femme malheureuse qui souffrait de la solitude, ça me réconfortait quand j'avais le mal du pays. Et quand je faisais escale chez nous je pouvais avoir la lune, j'avais juste à remuer le gros orteil. Mais un jour on a eu un fils qui plus tard m'a renié quand il a appris que j'avais abandonné dans le Nord une fille illégitime. Eh, c'est pas de ma faute si on avait rien que ça à foutre, là-bas, engrosser les sauvagesses ! Quinze ans après, un soir, le téléphone a sonné chez nous. C'était la petite. Je sais pas comment elle avait eu mon numéro, mais elle était à l'aéroport de Dorval, à brailler comme un veau dans l'oreille de ma femme. *I am the daughter of your husband, I want to see him, he is my father !* J'ai jamais voulu lui parler, elle s'attendait à quoi ? Que je lui paye une robe de première communion ? Que je lui fasse arracher les dents et débrider les yeux ? Je suis pas le Père Noël ! Elle a rappelé vingt fois par jour pendant trois semaines, je sais pas où elle avait volé tout cet argent. En tout cas, c'était une hystérique, comme sa mère. C'est vrai : les Esquimaudes sont folles, elles peuvent te lancer n'importe quoi à la tête, une théière pleine d'eau bouillante, un marteau, un fer à repasser. Un jour, tout s'est arrêté : la petite a disparu, mais ma femme a tout bavassé à notre fils qui s'est ramené chez nous en pleine nuit. Il voulait enfoncer la porte et j'ai appelé les policiers pour qu'ils l'embarquent. L'été d'après il est monté dans le Nord en avion, ç'a dû lui coûter la peau des fesses, tant pis pour lui. Il cherchait la petite pour l'adopter, je sais pas s'il l'a retrouvée, j'espère que non, rien que d'y penser je suis dégoûté. J'ai jamais cherché à avoir de ses nouvelles, ça lui apprendra à s'occuper de ses oignons. C'est comme ma femme : je me rends pas compte qu'elle est morte, ç'a pas changé grand-chose à ma vie. »

Tout autour de Magloire et Jano, les clients n'en finissaient plus de siroter leur café et les acheteuses, éparses dans le magasin, faisaient mine de lire les étiquettes pendant que la serveuse frottait le même verre depuis cinq minutes. Chacun tendait l'oreille pour goûter les infamies de Magloire, mais Jano, lui, hochait la tête d'un air abasourdi.

« Vous avez pas peur d'être un jour puni pour tout ça ?

— Puni, moi ? Pourquoi ? Pour tout le mal que j'ai fait, peut-être ? Et je serais puni par qui ? Par le bon Dieu, je suppose ? »

Magloire s'étrangla d'un rire convulsif qui ne laissait pas planer la moindre ambiguïté sur ses croyances religieuses.

« Mon garçon, si les Romains avaient crucifié une petite prostituée de douze ans, un infirme ou un lépreux, quelqu'un qui aurait vraiment souffert le martyre toute sa vie, j'aurais eu la foi, mais parmi ceux qu'on pouvait tuer il a fallu qu'on tue le moins pitoyable : le Fils de Dieu ! C'est vrai : c'est quoi une couronne d'épines pour le Christ quand un trône l'attend à la droite de Dieu ? Et la lance dans le foie, les coups de fouet ? Pour le Fils de Dieu, c'est des enfantillages. Et au lieu de nous humilier il devrait nous remercier d'être des fous assoiffés de sang, parce que c'est notre cruauté qui a fait de lui un sauveur ! »

Les veines du cou près d'éclater, Magloire bêlait, l'orgelet chauffé au rouge, et les jets de salive giclaient de sa bouche et s'écrasaient dans les lunettes de Jano.

« Laisse-moi te dire une dernière chose sur le bon Dieu, laisse-moi te dire que j'ai jamais oublié ma grand-mère sur son lit de mort, à Saint-Mathias. J'avais quatorze ans et c'était un beau jour d'été. Ma grand-mère avait juste la peau sur les os et ses yeux étaient des trous vides. Le vent soulevait les rideaux près de son lit et on entendait rire les voisins qui se baignaient dans la rivière des Hurons. À la fin elle a murmuré quelque chose et je pensais que c'étaient des plaintes ou des blasphèmes, mais c'était : “Merci pour tout, mon Dieu.” Ç'aurait pu changer ma vie si j'avais eu un peu de cœur et un brin de bonté, mais j'avais viré le cul à la crèche et j'allais passer le reste de ma vie à mentir comme on respire, à cracher partout, à tout prendre à tout le monde sans jamais rien donner. C'est fou, mais aujourd'hui, avec le recul, je reconnais pas mes actes. Je sais que tout ce que je fais est mal, mais j'ai jamais pratiqué ce que je voulais vraiment et j'ai toujours fait ce que je détestais. C'est grave, non ? Ça prouve à quel point le bon Dieu est détraqué. »

La bouche desséchée, Magloire vida sa tasse de café pendant que Jano se rappelait avoir lui-même souvent blasphémé Dieu, ce qui aurait dû lui inspirer des indulgences pour Magloire, mais il avait toujours réprouvé chez les autres les traits de caractère semblables aux siens, les défauts universels qu'il se tuait à étouffer en lui-même, si bien que, là où il se serait regardé avec complaisance, il en voulait à Magloire de son dédain sans pour autant y reconnaître la haine de sa propre image.

« N'empêche que ma grand-mère, c'est la seule chrétienne sincère que j'ai connue. Enfant, elle avait promis à Dieu de donner cinq fois son manteau, comme saint Martin, et finalement elle a passé sa vie à donner ses bottes, ses chapeaux, ses anoraks aux pouilleuses qui venaient gratter à sa porte. Une vraie sainte, je te dis. En plus, elle voulait mourir à terre, comme François d'Assise, mais ses enfants ont refusé, les salauds. Après sa mort, les charognards ont pas pu se disputer sa coutellerie en argent, vu qu'elle était pauvre comme une souris d'église, mais tout le monde a hérité d'un coup de poignard dans le cœur. »

* * *

Un client au visage émacié se leva, se racla la gorge et s'approcha de Magloire et de Jano. Soixante-dix ans révolus, classiquement vêtu de noir, il roulait de fins yeux couleur du temps. Frileux comme tous les efflanqués, il n'avait pas cru bon de dénouer son écharpe pour manger ses œufs frits au bacon.

« Je vous ai écoutés malgré moi, dit-il à Magloire, et je dois vous dire que la difficulté d'être un homme tient au fait que la loi de Dieu est spirituelle, mais que nous sommes des êtres charnels, vendus au péché…

— Ça y est ! l'interrompit Magloire. Un macaque nous tombe de son arbre avec ses péchés !

— L'homme est vaniteux par l'esprit, dit l'inconnu, mais son cœur le désespère en secret.

— L'homme ! L'homme ! aboya Magloire. C'est facile à dire, mais sais-tu vraiment qui est l'homme ? Moi, je connais l'homme de la rue, ton semblable, ce crotté, cet enfant de chienne ! »

Dans la chaleur de la dispute, Magloire jaillit hors du box et les deux hommes s'empoignèrent sous les yeux horrifiés de Jano.

« Si vous faites ce que votre conscience déteste, proféra le vieil homme, ce n'est plus vous qui agissez, mais le péché qui vous possède !

— Ta gueule, fausse couche ! Viande pourrie ! Face de cul ! »

Ces glapissements avaient attroupé les curieux et les deux rivaux se mirent à décocher des uppercuts au hasard, malgré la présence énergique de Jano qui tentait de calmer la querelle mais qui reçut un coup de poing sur le nez et s'écroula. La serveuse hurla et des clients profitèrent du chaos pour s'échapper sans payer, puis des hommes séparèrent les belligérants qui se tortillaient sur le plancher. Tout à coup, de sa main valide, Magloire arracha l'écharpe de l'inconnu qui gisait la lèvre éclatée — et les gens éberlués aperçurent le col clérical immaculé.

« Mon Dieu ! s'écria une dame. Un prêtre ! »

La bagarre s'arrêta net et les exclamations se mirent à fourmiller. « Un prêtre, un prêtre, entendait-on de toutes parts, c'est un prêtre ! » Après un moment d'hébétude, on s'empressa autour du vieil ecclésiastique pour l'aider à se relever. On dépoussiéra ses habits, on pansa sa blessure, on le recoiffa. Et le chef du rayon des chapeaux plia soigneusement son écharpe de soie, couleur de pourpre cardinalice. « Merci, dit le prêtre, j'y tiens, c'est un cadeau d'un prélat de Cracovie. »

La chemise de flanelle crevée sur le dos, Magloire avait encore envie d'escarmoucher, et le prêtre aurait voulu remonter sur ses grands chevaux, mais il se plaignit d'un épanchement de synovie. Deux dames apparurent pour pétrir les genoux gonflés de cet homme aux dehors malingres, mais qu'elles admiraient de s'être battu pour son idéal, et contre un type plus jeune que lui — un mécréant, un névropathe, un maoïste !

« Ce n'est pas une tonsure que j'ai sur le sommet du crâne, dit le prêtre, mais une calotte de calvitie, et tout le mal que vous faites aux pauvres types chauves des Woolworth vous le faites à Dieu. »

Jugeant qu'il en avait eu pour son compte, Magloire endossa son manteau de chasse, écrasa sa tuque sur sa tête et s'en alla en écrabouillant les lunettes de Jano, après quoi le curé, rayonnant d'avoir proprement vissé sa vis à ce puant d'athée, se porta au secours du garçon assommé sous la table. On commença par le tirer de sa fâcheuse posture, puis on appliqua de la glace pilée sur son nez en confiture et il finit par rouvrir les yeux : « Où c'est qu'on est ?

— Chez Woolworth, répondit une cliente.

— Ah…, oui…, Woolworth…, et…, euh…, mes lunettes ?…

— Sont pétées. On est en train de scotcher les morceaux. »

Le prêtre reparut, les lunettes rafistolées entre les mains. Il en écarta les branches et les glissa délicatement sur le nez sanguinolent de Jano.

« Eh, je vous reconnais, balbutia Jano qui émergeait de sa confusion, vous êtes… (Il aperçut le col romain et dit :) Vous êtes un curé ? »

Les gens éclatèrent de rire et Jano se releva tant bien que mal. Tout étourdi, il s'appuya à la table et cracha du sang qui étoila le plancher, puis il s'arracha aux mains secourables pour se rasseoir sur la banquette et lotionner son nez avec du vinaigre.

« Laissez-moi tranquille. Je vais attendre Magloire ici. »

Quant à la serveuse, elle torchonnait le plancher en vociférant :

« Il reviendra pas, ton Magloire, je le connais, c'est un sale type ! Il t'a planté là comme un mégot, ton clochard ! »

Elle y allait fort dans l'espoir de se débarrasser de Jano qui risquait d'occuper la table sans consommer.

« Mais s'il revient et que je suis pas là, qu'est-ce qu'il va faire ?

— Il est assez grand pour s'occuper de ses fesses.

— Mais sa femme est morte et ses enfants le détestent. Et puis il a la main coupée et un œil infecté, mais c'est un homme et je peux pas l'abandonner comme un chien. »

Faisant bonne contenance malgré son exaspération, la serveuse fixa Jano dans le blanc des yeux et lui dit : « T'as pas d'amis, ici. » À ces mots, il baissa les yeux et courba l'échine. Il lui parut opportun de se lever pour décrocher son parka, régler l'addition et s'en aller.

C'est ainsi que Jano se retrouva seul sur le trottoir, le nez en bouillie et les lunettes rabibochées. Flottant dans l'indécision, il piétina en scrutant les alentours, puis il s'assit sur une borne-fontaine pour patienter. Maintes fois il bondit sur ses pieds pour faire de grands gestes des bras, croyant avoir reconnu au loin la silhouette asymétrique de son compagnon, mais deux heures plus tard il dut se rendre à l'évidence : « C'est peut-être vrai qu'il reviendra pas... que j'ai pas d'amis... »

Il accusa le coup et se sentit le cœur gros, puis l'idée lui vint de tourner ses pas vers le nord de la ville. Cherchant partout la trace de Magloire, Jano refit le chemin parcouru le matin même et redescendit jusque dans les galeries du métro Sauvé où il tomba sur un homme déguenillé d'un certain âge, coiffé d'un petit bateau fait avec un feuillet de journal, les mains piquées de tavelures et les jambes comme des cannes, une espèce de troubadour aux yeux en boules de loto derrière ses énormes lunettes, qui poussait la turlurette à grands coups de gosier et qui torturait un vieux bandonéon qui avait tout l'air d'un poumon perforé.

Tu n'as que seize ans et faut voir comme
tu affoles déjà tous les hommes !
Est-ce ton œil si doux
qui les domine ?
Ou bien les rondeurs de ta poitrine
qui les rend fous ?

Jano jeta dans l'étui béant ses dernières pièces de monnaie et le bandonéoniste lui adressa un large sourire qui dévoila quelques dents déplantées couleur d'oignon. Ensuite Jano fit quelques pas sur le côté pour serrer le type de plus près et dire d'une voix mal timbrée :

« Vous savez, j'aime beaucoup les hommes, je veux dire l'homme, le genre humain, et… »

Le bandonéoniste ne fit ni une ni deux, souleva la cuisse, puis une pétarade sulfurée lui sortit violemment d'entre les fesses, ce qui encouragea Jano à fuir ces parages empuantis.

***

Revenu dans la lumière du jour et nourri d'espérances, Jano passa le reste de la journée à sillonner les parcs et les ruelles, à la recherche de vieillards esseulés, de chômeurs démoralisés, d'assistés sociaux, de déficients mentaux, de femmes battues et de sans-logis, d'adolescentes violées et de jeunes homosexuels fugueurs, mais il ne trouva personne à sauver, pas même un chien pelé à caresser.

Le soir venu, il revint traîner du côté du cimetière juif et son visage s'illumina à la vue de Maman Maïs qui arpentait l'asphalte en sentinelle.

« Tiens, tiens ! fit Chimène en reconnaissant Jano. Voilà l'humanité qui ramène sa fraise !

— Bonsoir, dit Jano, comment allez-vous ?

— Bien, bien, merci, mais vois comme c'est beau… »

Chimène présenta sa main droite à Jano, le poignet plié, pour lui faire admirer sa nouvelle bague sertie d'une pierre rose et translucide.

« C'est une tourmaline de Ceylan, une vraie. Rocco l'a volée à l'archevêque de Palerme pendant les fêtes de sainte Rosalie, à la cathédrale de Monreale, à la pointe d'un trident de pêcheur de thon. »

Les yeux exorbités devant la beauté de cette bague qui faisait songer au joyau d'un maharajah, Jano pensa : « Comme ça brille bien, une bague d'archevêque. » Et Chimène dit tout haut, mais comme pour elle-même : « Je suis contente de ma bague, d'autant que j'aime pas les ecclésiastiques. Ces vieux singes croient que les Noirs descendent de Cham, le fils indigne de Noé qui a dévoilé la nudité de son père devant ses frères. » Après quoi elle ouvrit sa doudoune et releva son chemisier pour exhiber un bijou de piercing.

« L'opale du roi Salomon dans le nombril de la reine de Saba ! »

Jano n'écoutait pas, mais restait planté tout auprès de Maman Maïs, à contempler son visage où ne se lisait aucune clémence, puis il demanda : « Magloire, est-ce que ça vous dit quelque chose ?

— Ta gloire ?

— Magloire, c'est un nom propre, un amputé de la main.

— Je ne connais aucun homme propre ou amputé. »

Jano ne trouva plus rien à rajouter et Chimène clappa de la langue.

« Bon, si tu veux m'exorciser, petit Guillemette comme des guillemets, tu dois d'abord faire bouillir le cœur d'un poulet dans mon pipi. »

Jano sourit doucement, retira son parka et en enveloppa les épaules de Maman Maïs. « Faites attention à vous », dit-il, puis il s'enfuit à toutes jambes vers le centre-ville en se battant les flancs. Il courait mal, éperdu, sans se retourner vers son passé qui mourait à mesure dans son sillage. Ses jambes se déboîtaient, ses bras se déglinguaient, on aurait dit un pantin désarticulé. Debout près de l'abribus, pensive comme une statue, la jeune femme vit la silhouette de Jano rapetisser peu à peu, jusqu'à s'effacer dans les lointains mornes et pluvieux, puis elle ôta le parka de ses épaules, le laissa pendre dédaigneusement au bout d'une phalangette, le renifla en faisant la grimace et le flanqua à la poubelle.

« Bon débarras, face de rat. »

Chimène songea un instant au petit cochon souriant dans la bille de verre, puis une voiture s'immobilisa à sa hauteur. Un visage s'inclina par la vitre abaissée de la portière, des yeux quémandèrent la lune, et Maman Maïs respira profondément et dut retourner à son espèce dans l'immensité de la nuit qui éternisait son exil.

Tu peux prendre ton nègre,
prendre ta négresse,
On va danser l'âme allègre
au quadrille à Maman Maïs !

Tulipes et coquelicots

Notre cher voisin si plaisant, Maurice Gagnon, est un véritable moulin à paroles, sauf qu'il ne parle que du passé, et encore, le sien seulement, son passé exclusif, clos de ronces et de chardons et de coquelicots, un temps privé dont il est extrêmement jaloux, comme si l'histoire sainte de sa vie était la plus belle femme du monde.

Il est évidemment très périlleux de récapituler la vie d'un homme en quelques formules lapidaires, de commettre cette iniquité derrière son dos par surcroît ; aussi, en haine de ces déloyautés, tairai-je à peu près tout ce que je sais ou crois savoir, sauf cette vérité notoire : Maurice Gagnon adore deviser d'une guerre, appelée pudiquement la Seconde, qui fait circuler le sang dans ses veines. En 1940, c'est un fait avéré, archivé, le jeune Gagnon fut du premier corps d'aviateurs canadiens envoyé en Angleterre. Cinq ans plus tard, il rentra au pays en héros, une belle Néerlandaise au bras. Des photos et des coupures de presse le prouvent, et des inscriptions au registre de l'état civil. Aujourd'hui, ce vétéran médaillé, chargé d'honneurs, ancien canonnier de Lancaster, vieillissant mais solide comme un bœuf, coule des jours heureux avec sa femme dans leur joli cottage de la banlieue. Ils ont des biens au soleil, plus cinq enfants intelligents — l'aîné est pharmacien et la benjamine, médecin anesthésiste ; un autre est journaliste politique et son crâne à moitié chauve paraît périodiquement à la télévision selon les hasards de nos guéguerres intestines et des tempêtes dans nos verres d'eau. Des petits-enfants, treize à la douzaine ; quelques arrière-petits-enfants. Tulipes, primevères, pivoines, roses et lilas garnissent leurs platebandes. Des escarpolettes et des abreuvoirs à colibris pendent aux branches de leurs arbres, et les plus vifs souvenirs de guerre de Maurice Gagnon sont d'avoir pulvérisé un barrage sur l'Eder, coulé le cuirassé *Tirpitz* en Norvège, déversé sur Dresde, une nuit de février, des tornades de phosphore — et de s'être posé en catastrophe dans les landes des Pays-Bas où il rencontra la jeune paysanne qui deviendrait sa femme, Sijbilla, qui survécut au dernier hiver de la guerre en mangeant des bulbes de tulipes et qui confectionna sa robe de mariée avec de la toile de parachute.

Hardi mais très pieux, mon voisin, dans la guerre, ne prenait jamais le ciel sans sa médaille de Bernadette Soubirous attachée à sa mitrailleuse, dans sa tourelle. Son zinc sanctifié, il flottait parmi les étoiles, le Christ cloué sous son bombardier cruciforme. Le sang du Messie gouttait des stigmates dans le firmament, explosait en chapelets de feu sur les terres d'outre-Rhin, pendant que sainte Bernadette veillait sur Maurice Gagnon et sur son équipage, déviant les obus anti-aériens et les tirs de la chasse de nuit.

Finie depuis un demi-siècle, la guerre tonne toujours dans le cœur de mon voisin et des anciens de la confrérie du feu. Ardente et lumineuse, c'est une outre d'ambroisie, dirait-on, un feu grégeois qui brûle même au contact de l'âme. D'ailleurs Maurice Gagnon reçoit souvent ses vieux compagnons d'armes — dont l'ancien soldat d'infanterie Paul Tourangeau, qui a jadis mis le pied sur une mine à Courseulles-sur-Mer et dont les os brisés du dos, mal consolidés, ont entraîné une carie des vertèbres et formé une sorte de gibbosité, ce qui lui fait dire qu'il a ramené d'Europe, sur son dos, une motte de Normandie. Assis autour de la piscine aux eaux turquoise, Maurice et ses camarades arrosent leurs galons aux doubles scotchs de l'immortalité, remâchent leur gloire, leurs combats épiques et leurs convulsions fraternelles, citent jusqu'aux aphorismes de Staline — *Les guerres sont les menstrues de la terre* —, pleurent les monuments baroques, le palais du Zwinger et les manuscrits de Bach perdus dans le brasier de Dresde.

Un beau jour d'été, il y a quelques années, quand Maurice Gagnon avait appris que mon fils ne ferait pas baptiser son enfant, il était venu m'expliquer, au beau milieu de mes plants de tomates, que l'onction baptismale rend tout chrétien à la fois prêtre, prophète et roi. « Tu ne souhaites pas cela à tes petits-enfants ? » Malgré son front soucieux, j'avais haussé les épaules pour témoigner de mon impuissance devant l'univers, puis Maurice avait failli me dire autre chose de peut-être plus incisif, mais il avait virevolté brusquement, sa foi en suspens, pour rentrer dans le giron de sa tondeuse à gazon.

Un autre jour, un hiver, alors que nous contemplions nos autos verglacées, mon voisin m'a dit : « J'ai bombardé l'Allemagne comme si j'avais bombardé au cobalt mon propre cancer. » Depuis lors, Maurice Gagnon et ses camarades gagnent la guerre tous les dimanches, mais ils ne parlent jamais des messages obscènes ni des dessins pornographiques qu'ils gravaient parfois sur leurs bombes bénies par des révérends anglicans. Par contre ils évoquent la mémoire de Grand Slam comme celle d'un enfant prodige, et leurs prosopopées sont attendrissantes, mais Grand Slam était la plus énorme bombe de l'époque, un engin de dix tonnes qu'ils étaient les seuls capables d'emporter dans le ciel.

Le mois dernier, nos voisins sont allés en pèlerinage sur le vieux continent où ils ont visité les Pays-Bas, Groningue et Hoogeveen, mais aussi Lourdes, sa basilique, sa grotte, les piscines de ses sanctuaires. Sijbilla et Maurice ont eu la gentillesse de nous expédier une carte postale — on y voit une procession chorégraphique de paraplégiques et de grabataires à roulettes disposés en forme de croix —, puis ils ont rapporté de là-bas un amas de colifichets — médaillons de l'Apparition, mignonnettes d'eau miraculeuse, petit cœur musical à ressort dont le mécanisme joue l'*Ave Maria* —, des bondieuseries et des idoles à la louange de Bernadette Soubirous. Et voilà-t-il pas que depuis quelques jours des événements extraordinaires ont lieu chez les Gagnon, au fin fond de la banlieue somnolente : les statuettes pleurent et les icônes suintent. On parle d'un chrême divin, d'une prodigieuse huile sanglante. La nouvelle s'est répandue comme une traînée de poudre et a rameuté les croyants.

Debout à la bay-window du salon, je contemple la centaine d'autos garées en épi dans les rues, jusque sur les pelouses, puis je sonde la marée humaine, mystique, qui se masse aux portes du cottage d'à côté. Recueillis, chantant doucement des hymnes, priant, les gens font le pied de grue devant la maison prédestinée. Heureusement, le temps est clément pour un 11 novembre ; un soleil miellé incendie les vitres des façades sous des traînées de vermillon. Aurons-nous un été indien ? Quoi qu'il en soit,

Maurice Gagnon versera les oboles aux amputés de guerre et aux Sœurs de la Charité « pour faveur obtenue ». Quant à moi, j'attends ma femme qui se maquille les yeux dans sa psyché. Nous nous apprêtons à aller grossir le nombre des dévots et des regardeurs. Je charge donc l'appareil photo d'une bobine de pellicule, m'assure si j'ai de l'argent dans mon portefeuille, puis je rectifie mon nœud de cravate et j'épingle le coquelicot du Souvenir au revers de ma veste.

« À quoi penses-tu ? »

Je sursaute à la voix flûtée de ma femme surgie derrière moi et je me pique le doigt. J'hésite un peu, puis sans me retourner je réponds que je ne pense à rien. Elle sait que je mens, et elle sait que je sais ce qu'elle pense de moi à cet instant, mais elle n'insiste pas et pirouette sur ses talons. J'entends ses pas qui s'éloignent, assourdis par la moquette, et je suce la goutte rouge salée qui a perlé sur le bout de mon pouce. En réalité, je pense que, si la peur de faillir peut peut-être justifier mon inertie foncière et l'échec général de ma vie, ceux qui s'abstiennent éternellement n'ont pas plus de présence dans le réel que les morts — et d'un geste dépité je retourne l'appareil vers mon visage, à bout de bras, puis je ferme les yeux, serre les dents, retiens mon souffle et, avec un goût de sang sur la langue, j'appuie sur le déclencheur pour me prendre moi-même en photo et m'immortaliser du mieux que je peux.

La mer de la Tranquillité

Pendant que le monde célèbre dans le bruit, tout autour de moi, des fêtes de rien, j'attends je ne sais quoi, je ne sais qui, le rhume au nez et le froid aux trousses. Échoué à la lisière du monde, l'estomac dans les talons, j'espère n'importe quoi, un signe providentiel du firmament, un météore sacré, une étoile des mages qui me guiderait dans la nuit, ou une nuée d'oiseaux de bon augure qui s'envoleraient à tire-d'aile vers l'horizon des hommes heureux pour me révéler mon sort à venir. Languissant de vivre, j'ai dressé un couvert pour une espèce de sauveur qui se fait prier, et dans l'épreuve de l'attente je mange seul mes tristes pâques, tandis que des amoureux, unis sur les bancs du parc, s'étreignent dans la blancheur du jour où rien ne leur a jamais sali la lumière. Pour agir avec une telle étourderie, il faut n'avoir rien vécu, n'être revenu de rien, ne rien voir venir du fond de l'horizon, et ces amants neufs devraient peut-être mourir tout de suite pendant qu'il en est encore temps — s'immoler par le feu au crépuscule ou se précipiter dans le Saint-Laurent pour périr dans la fleur de leur culte, innocents et inféconds, comme des anges. Plus loin, des diablotins grimpent aux engins peinturlurés et aux jeux de bascule en s'interpellant, jouent aux aviateurs sur les escarpolettes et les tape-culs, édifient dans le sable des châteaux inutiles. Et quelques retraités ventrus, réunis autour d'une table de jeu, bluffent à qui mieux mieux, voûtés sur leurs cartes en éventail.

Apparaît alors un vieil arthritique qui s'appuie sur une canne à pommeau d'ivoire en forme de tête de bouc. Il donne un coup de chapeau, dévoilant les méandres de ses veines temporales, et s'assoit près de moi pour me tendre un kleenex et lier conversation.

« On patauge dans la raspoutitsa, hein, mon garçon ! »

Je mouche mon nez plein sans beaucoup me préoccuper de lui.

« Mon petit-fils est parti étudier un cratère de météorite en Russie, et là-bas, la saison du dégel et de la boue, c'est la raspoutitsa. »

Je secoue faiblement la tête pendant que le vieil homme tire d'une poche un sac rempli de bouts de pain sec pour les oiseaux. À cet instant, deux amoureux s'arrêtent devant nous pour s'embrasser dans les rayons du soleil déclinant qui tombent obliquement sur leur tête. Le vieillard sourit en voyant les joueurs se détourner tout en faisant virevolter leurs cartes comme si de rien n'était.

« Les vieux n'aiment pas beaucoup les jeunes amoureux, dit-il, mais ce n'est ni par méchanceté ni par jalousie. C'est à cause de la fatigue du grand âge, la fatigue d'avoir dû gagner péniblement leur vie et porter partout leurs vieux os. En fait, les vieux préfèrent jeter des croûtes aux moineaux, parce que tous les vieux ont un jour manqué de pain et ils reconnaissent leur misère dans celle des moineaux. Ou bien ils jouent aux cartes, comme ces bonshommes, là-bas ; ou ils regardent s'amuser les enfants, parce que les rires les aident à supporter leurs derniers jours, comme les médicaments... »

Des oiseaux grivelés tournoient autour de nous et se posent dans l'herbe pourrie pour picoter les croûtons en piaulant, et des écureuils râpés, la queue en panache, accourent de toutes parts. « Pit ! Pit ! Pit ! » fait le vieil homme pâle qui a des nébulosités dans les prunelles. « Fwit ! Fwit ! » siffle-t-il en postillonnant dans le vide, et ses joues flasques pendouillent, ridées et translucides, car le pauvre vieux doit sans doute souffrir d'une maladie inguérissable — cancer du poumon, tumeurs colorectales, ulcères de l'œsophage, métastases osseuses d'un cancer de la prostate ou autres agréments de la même espèce.

« Quand j'avais ton âge, poursuit-il, je croyais qu'il suffisait d'aller se réfugier au fond des bois pour échapper à la souffrance. Partir, fuir, je pensais que c'était ça, la clé, et ça me travaillait les méninges, mais je n'ai pas eu la force de m'en aller, j'avais trop peur de la solitude, puis un jour j'ai rencontré une fille à mon goût et je lui ai passé la bague au doigt. On a eu sept enfants et on a mangé de la vache enragée des années durant, mais j'ai réussi à vieillir dans un petit métier. Les nuits d'hiver je déglaçais les rails des tramways à coups de mailloche, à la lumière d'une lampe à pétrole. L'été je balayais les rues et je curais les égouts. À l'inauguration du métro, en 66, je suis devenu employé de maintenance. Crois-le ou non, j'ai découvert deux fœtus avortés, le premier dans un puisard en 55, l'autre dans une poubelle en 71. Finalement, j'ai tracé mon sillon malgré tout, j'ai torché des rues et des planchers toute ma vie, ma femme torchait les enfants à la maison, et une nuit je lui ai tenu la main, à ma petite femme, quand elle est partie… Sa belle main si douce…, si fraîche…, si…»

Il noie sa phrase dans un sanglot et le sac de croûtes lui échappe. Ses mains tremblent sur sa canne et je le vois grimacer d'une douleur crucifiante dont il refuse de se purger entièrement, sans doute par dignité, ou par fidélité aux souffrances de sa femme.

«Pleurez pas, votre femme doit être heureuse, là où elle est…»

Consterné d'avoir ânonné une telle sornette, je ramasse le sac, histoire de m'occuper pendant que l'homme ravale son chagrin.

«Les malades ont besoin de nous, dit-il d'une voix cassée. Oui, à mon âge, on est surtout utile aux mourants, mais il ne faut pas en vouloir aux vivants. Moi, par exemple, j'ai un tas d'arrière-petits-enfants, mais je ne les vois pas souvent : ils vont à l'école et les parents travaillent ou sont divorcés, et la fin de semaine c'est le karaté, le piano, le hockey, la natation, mais si l'un d'eux tombait malade je serais là, à son chevet. C'est comme ça, les vivants sont des gens trop occupés pour visiter les vieux tous les dimanches, tandis que les mourants sont prêts à remuer ciel et terre pour qu'on aille souffrir avec eux à l'hôpital. Les choses sont comme elles sont, on pense d'abord à soi, dans la vie comme dans la mort, mais il faut pardonner aux gens leurs petites chienneries, sinon on est malheureux et la vie est impossible.»

Comme il tire un mouchoir d'une poche, sa canne glisse et tombe dans la boue. Je me penche pour la ramasser et je sens sous la pulpe de mes doigts le velouté du bois de merisier et de l'ivoire fraîchement repoli au blanc d'Espagne. De la manche, j'astique les cornes spiralées de la tête de bouc et redonne sa canne au vieillard qui éponge son visage et dit : « Au fond, c'est triste, un parc. Chacun vit dans son rêve : les enfants ont la lumière ; les jeunes ont l'amour ; les vieux ont l'enfance. »

Vaincu par l'impitoyable travail de sape des jours qui ont œuvré n'importe comment sur sa carcasse martyrisée, l'homme finit par s'abandonner à la mélancolie devant moi, comme s'il me dévoilait sa nudité. Il dit chercher pour la millionième fois, dans la profondeur des choses, un sens à la vieillesse, le pourquoi de tous ces maux mystérieux apparus un à un pour entraver ses articulations et ruiner ses organes. Ensuite il me parle longuement et doucement, les mains jointes comme s'il priait, et il me dit tout, vraiment tout : avec le temps, son visage s'est taché de crasse sénile, ses gencives sont devenues grises, ses dents restantes, déchaussées, se sont mises à branler dans les alvéoles, sa vue a baissé beaucoup et il voit maintenant le monde décoloré à travers les filaments et les corps flottants de son humeur vitrée opacifiée. La vie lui a entamé la chair, l'a plié en deux et rongé sans répit, de telle façon que cet homme dévirilisé, devenu vieux au bout d'une filiation d'apparences physiques sans cesse détériorées, a de tout temps pressenti la décadence corporelle vers laquelle il s'acheminait. La vieillesse, m'avoue-t-il, consiste le plus souvent à feindre le contentement au milieu d'un entrelacement confus de parcours inachevés ; à s'accommoder des mensonges qui empêchent le monde de s'effondrer ; à pâtir de ce que l'amour fut le symptôme d'une arriération affective, comme l'alcoolisme ; à chercher une seule bonne raison de souffrir et de mourir pendant qu'on a encore toute sa tête. Et pourtant, me dit-il, chacun se croit un feu dans l'univers, une lumière dans la vie des autres, une chaleur dans la nuit — mais, maintenant qu'il a vécu, les hommes lui semblent plutôt les tourments de leurs propres enfants, le cancer annoncé des plus jeunes, et leur destin est de renaître, plus tard, ailleurs, dans des entrailles saines et rosées, pour s'y enkyster avec l'héritage transmuté du monde.

« Les enfants, dit-il, on ne les fait pas, les pauvres, mais on les commet, comme des erreurs irréparables, et des erreurs de jeunesse, en plus, les pires. C'est pourquoi il faut les aimer beaucoup. »

Oui, vieillir, à ses yeux, peut se résumer à cela : devenir seul ; devenir une maladie ; et sentir mauvais.

« Mon sang de vieillard s'est tellement épaissi que je ne saigne même plus quand je me coupe, soupire-t-il. En vérité, on n'est pas venu au monde pour vivre en paix, mais on est venu pour tout perdre, alors on songe à ce qu'on n'a pas et qu'on n'aura jamais, on pleure ce qu'on a perdu, mais on n'a même plus la force de chérir le peu qu'il nous reste. »

Ces paroles me touchent droit au cœur et des mots fraternels me viennent aux lèvres : « Je pense que je suis un peu comme vous, monsieur... » Sur quoi le vieillard hoche la tête et répond : « Le plus triste, c'est que le temps n'arrange rien, au contraire, il aggrave tout, mais je fais comme si de rien n'était, je ne dis rien à personne, pas même à mes enfants, tu es le seul à tout savoir, tu as quelque chose de plus que mes propres enfants. »

Fixant sur le vieillard des yeux ardents de charité, je murmure : « Je suis personne, c'est pour ça ; c'est plus facile avec quelqu'un qui est rien. » Après ces mots, nous restons un moment sans parler, gênés d'avoir partagé des secrets si pénibles, puis l'homme se met à grelotter. « Le soir tombe, dit-il en levant les yeux au ciel. Oh, les joueurs de cartes sont partis. » Il croise son écharpe, remonte le col de son manteau et se hisse sur ses jambes en grasseyant des sécrétions, puis je me lève à mon tour pour lui serrer la main. « Au revoir, monsieur…, monsieur ?

— Rioux. Arthur Rioux.

— Vous avez un beau chapeau, monsieur Rioux.

— Merci, c'est du putois de Sibérie. Et toi, comment t'appelles-tu ?

— Bruno Villemure.

— Eh bien, adieu, Bruno. Sois heureux, mais n'oublie pas : dans notre vallée de larmes, nos espoirs sont comme les canards sur la mer de la Tranquillité. »

Sur ces élucubrations, M. Rioux donne un coup de chapeau et s'en va par les allées de cailloutis, courbé sur sa canne, le squelette semé de souris articulaires, la vessie incontinente, ses odeurs pharmaceutiques le suivant comme une queue de comète, et je le regarde s'éloigner comme si je voyais disparaître l'incarnation même du passé, me demandant s'il y aura quelqu'un, à l'heure du trépas, pour tenir la main maigre de M. Rioux. Je pense : « Je ne reverrai jamais cet homme. Il va mourir, il va m'oublier et déjà je n'existe plus, personne ne saura ce qu'on s'est dit et ce qu'on a pensé, on est perdus… » Et tout d'un coup je sens peser sur moi le poids de mes vingt ans, l'âge mythique de la force et de la beauté, glapit-on à la ronde, la prétendue saison des rêves et de l'orgueil détraqués où les jeunes gens n'ont peur de rien, pas même de tout détruire pour reconstruire le monde sur les ruines des civilisations, et l'on espère de moi cette fallacieuse bravoure, cette violence aveugle, cette grave inconscience, mais moi dans ce chaos je ne vois qu'une chose : mon corps juvénile qui incarne le désespoir des vieillards finis et la nostalgie de ceux qui n'auront plus jamais vingt ans, et je n'ai pas le cœur à me réjouir d'une telle injustice.

M'essuyant le nez de la manche, je remarque le sac oublié sur le banc et songe à rattraper M. Rioux, mais j'ai si faim que je dévore plutôt les miettes de pain. Soudain, tous les réverbères s'allument en même temps dans le crépuscule violet, comme des lunes esseulées, sans chaleur. Les promeneurs m'abandonnent allègrement, sans même remarquer ma présence, et l'angoisse de la nuit proche me noue la gorge. J'aimerais me cramponner à leurs vêtements pour leur arracher des lambeaux d'amitié, mais c'est en toussant et en crachant que je vois les derniers fantômes disparaître au loin, mêlant leur ombre aux ombres des bonheurs insensés, les bonheurs des autres, bonheurs secrets et inconcevables qui sanctifient des hommes et des femmes, au hasard, comme la foi, mais qui abandonnent les impurs au bord des chemins.

Les minutes passent et tout autour du parc les fenêtres des salons et des cuisines s'illuminent une à une, et je peux voir vivre et se réjouir, derrière ces vitres claires comme des beaux jours, des êtres élus.

Je finis par me lever et j'erre dans le parc pour me réchauffer, ensuite je vais me lover comme un chien perdu sous un pavillon d'orchestre. Je me faufile par une brèche dans le treillage et m'allonge sur le sable, puis je me couvre de vieux journaux qui souillent mes doigts gourds. J'attends la nuit en grelottant, puis je cille des paupières et la nuit est là, spectrale, sur moi. Les bouffées de vent mugissent dans les ténèbres, secouent le pavillon et les arbres qui entrechoquent leurs ramures. L'air sauvage sent la terre froide et la neige. De gros nuages empressés, pleins de menaces, envahissent le firmament où se meut doucement l'ovale de la lune, dont la lumière tombe comme une bruine sur le monde et filtre à travers le grillage de bois et le plancher à claire-voie du kiosque à musique. Étrange lune embaumée, couleur d'os, qui me fixe de ses yeux de cadavre. Et c'est seulement alors qu'une révélation me perce le cœur, par-delà les années et les voix, par-delà les deuils et les visages de cette vie mienne où je rôde comme la gale à travers la foule assourdie, pourchassant l'ombre fuyante des êtres chers, prenant mon impatience pour de la foi, mes rêvasseries pour des vertus, mes errances pour un destin — et c'est seulement alors, le visage tourné vers la solitude et l'abandon lunaires, que je dénoue l'énigme tombée de la bouche empoisonnée d'un aïeul : il n'y a pas de canards, pas de canards sur la mer de la Tranquillité.

Du camphre en talisman

Un jour de printemps morne et froid, juste après la fonte des neiges, quand tous les détritus de l'hiver ont refait surface et tourbillonnent dans l'air de nos villes, à la sortie de la station de métro Longueuil, j'ai croisé des gens bouleversés, tout blêmes, qui se couvraient la bouche d'une main tremblante.

« Quelqu'un a sauté !... Quelqu'un a sauté !... »

À ces mots j'ai allongé le pas et dehors j'ai aperçu des silhouettes piétinantes au loin, sous l'arc immense du pont Jacques-Cartier. Me mêlant à la foule grave et silencieuse, je me suis approché de la cohue, jusqu'au moment où j'ai pu distinguer une ombre inanimée au beau milieu du boulevard Lafayette, au travers des jambes vacillantes des badauds, le corps d'un jeune homme tombé du pont, une chute d'au moins cent cinquante pieds, et j'ai stoppé net. Devant moi le jeune homme gisait devant tout le monde, l'air paisible, l'air de sommeiller. Il ressemblait à tous les garçons que j'avais croisés au cours de ma vie, mais il avait un secret de plus derrière ses paupières scellées : l'éternité. Le blouson fermé jusqu'au cou, comme pour ne pas prendre froid durant la chute, il avait peut-être espéré survivre. Peut-être avait-il voulu simplement donner la frousse à ses parents, émouvoir une fille dont il était amoureux ou secouer l'indifférence que lui témoignait le monde, mais il avait sauté de trop haut et maintenant du sang filait comme de la mélasse par ses oreilles et ses narines. Le malheureux avait perdu un soulier et son gros orteil sortait d'une déchirure dans la chaussette. Son bras droit, en miettes, était replié sous le corps selon un angle impossible, et je me figurais sa bouche comme un cornet à dés, remplie de dents déracinées. J'examinais ses lèvres entrouvertes et saisies par la surprise, le nez plein de morve rouge, les cheveux bouclés sur les tempes claires. Le pauvre avait un visage d'enfant de chœur et sa tête reposait au milieu d'un soleil de sang qui lui faisait des rayons de sainteté.

Horrifiée, une vieille dame près de moi s'est courbée pour vomir à terre tout en serrant son sac à main contre sa poitrine. Les gens se sont écartés à cause des éclaboussures, mais je me suis approché d'elle pour la réconforter. Le souffle infect, elle tremblait et ne cessait de répéter : « Excusez-moi… j'ai vomi… excusez-moi…

— C'est pas grave, lui ai-je murmuré, c'est rien, je suis là. »

Voyant qu'elle craignait de souiller ses beaux gants de chevreau, j'ai dénoué mon foulard pour lui éponger ses vomissures sur les lèvres et le menton. Sur ces entrefaites une ambulance est arrivée dans les hurlements des sirènes et les éclairs des feux tournants. Aussitôt un ambulancier a bondi dans la rue pour ramasser le soulier du mort, pendant que d'autres secouristes repoussaient les curieux pour couvrir la dépouille d'un drap blanc. Tout autour de moi, des gens priaient pour l'âme du suicidé, mais je me suis demandé à quoi pouvait bien servir leur bon Dieu, dans ce monde où tant d'hommes ont encore plus peur de vivre que de mourir.

Incapable de supporter ces visions plus longuement, j'ai baissé la tête et m'en suis retourné vers les embarcadères tout en soutenant la dame par le bras. «Mon Dieu, mon Dieu, gémissait-elle, c'est épouvantable ! » Se sentant faiblir, elle s'est blottie contre mon épaule et nous sommes allés nous asseoir sur un banc de la gare routière où la dame a ouvert son sac et décapsulé une fiole en tremblotant pour se mettre sous la langue un comprimé de nitroglycérine. Un adolescent désespéré venait de périr devant nous et cette tragédie valait bien une crise d'angine. Étrangement, j'ai éprouvé un soulagement en voyant la vieille dame prendre son médicament pour le cœur. Enfin, me suis-je dit, quelqu'un qui comprend tout. Ensuite j'ai mis mon foulard à la poubelle, puis la dame s'est coulée au fond du banc et a clos les paupières. Nous sommes restés un certain temps sans parler, au milieu des voyageurs éberlués qui se jetaient les uns aux autres des regards de condamnés, mais des pensées me tournaient la tête et l'estomac :

«Ç'aurait pu être moi…, on dirait que c'est moi…»

Fermant les yeux à mon tour, j'ai vu courir un enfant blond qui promenait par les ruelles sa dégaine de chenapan, le nez glaireux, sans savoir qu'un jour il dégringolerait d'un pont et mourrait en pleine rue, humilié publiquement. Ce gamin avait dû rire de plaisir, les jours fastes, des caramels plein les poches, les yeux brillant de l'orgueil de ses péchés. Mais comme il avait dû pleurer aussi, dans la solitude de ses dernières heures sans personne, le visage fouetté par le vent. Et voici que, devenu un être de poids aux yeux de tous ceux qui contemplaient craintivement son immobilité surnaturelle, ce jeune mort brillait des feux d'un ami de toujours, d'un frère, d'un fils, parce que, quand un homme meurt, c'est comme si tout le monde mourait, et ce garçon méritait bien d'être, pour quelques instants, de toutes les familles.

C'est alors que la vieille dame a rouvert les yeux pour consulter sa montre : « Cinq heures vingt, a-t-elle soupiré, ça fait déjà vingt minutes, c'est affreux. Et dire qu'un jour ça fera déjà vingt ans. » Puis, tirant un mouchoir de sa manche : « Des fois, on songe à nos morts et on se dit : déjà un an, déjà cinq ans, dix ans…, c'est épouvantable… »

Tandis qu'elle séchait ses larmes, des abrutis accusaient ce garçon d'avoir fait exprès de mourir à l'heure de pointe, pour embêter tout le monde et se faire remarquer, ou par esprit de rébellion, pour imposer l'anarchie — et soudain notre autobus est venu s'arrêter devant nous, dans un crissement de frein. Les passagers en sont descendus en trébuchant, le visage vide et les yeux tournés vers la foule qui grouillait au pied du pont, ensuite de quoi je me suis levé pour aider la vieille dame à monter dans le véhicule. Elle a glissé un ticket dans la boîte et moi, une poignée de pièces, puis nous avons pris place au fond du bus où j'ai fait coulisser une fenêtre pour respirer un peu, après quoi, mes yeux tombant sur la nuque des passagers, je me suis demandé si les gens se rendaient compte que le monde va à la ruine pour tous les hommes dès lors qu'il va à la ruine pour un seul homme. Sur ce, la pluie s'est mise à tambouriner sur le toit de l'autobus et à zébrer les vitres. Dehors, des silhouettes déguerpissaient en tous sens, la tête sous le manteau.

« Ça va faire du bien, a dit une passagère, la pluie va tout laver… »

L'autobus s'est ébranlé bruyamment et nous sommes repassés près du lieu de la tragédie où des parapluies larmoyants se bousculaient au milieu des gyrophares qui m'éblouissaient comme de vastes mystères et me donnaient le tournis, moi qui songeais sans cesse à l'âme de ce garçon. Une mort si violente, si foudroyante, pouvait-elle stupéfier l'âme au point de la laisser subsister un instant dans l'illumination de la surprise, pétrifiée entre ciel et terre, dans le vertigineux vide de l'inconnu, entre la douleur et la vérité ?

« Demain, a prophétisé la vieille dame, il y aura des fleurs au pied du pont. »

Les journaux s'empresseraient de publier la photo de ce visage qui avait failli vivre et les fleurs embaumeraient sa solitude, sa solitude qui se prolongeait dans la mienne. Car j'étais seul, tout seul malgré les autres et malgré moi, et les lumières des faubourgs crépusculaires passaient sur les vitres de l'autobus, se reflétaient dans les rues lustrées par la pluie, et j'y voyais les feux du paradis où jamais nous n'aurions notre place, ni lui ni moi. Pourtant la grâce n'est presque rien, la grâce n'est qu'un peu de chance, la chance de naître au bon endroit, au bon moment, avec la bonne tête sur les épaules et les bonnes croyances dans la tête, mais les promesses de notre naissance s'étaient évanouies dans l'air entre les étoiles et j'éprouvais le pénible sentiment de vivre dans une bouteille, esseulé comme une île parmi des îles. Et les bruits qui m'environnaient semblaient me provenir assourdis d'un autre monde, comme si les grondements du moteur et les conversations des voyageurs s'étaient fondus dans le bourdonnement d'un rêve ralenti.

Au bout d'un moment la dame m'a tiré de mes méditations pour m'annoncer qu'elle descendrait au prochain arrêt. J'ai fait oui de la tête et me suis levé avant elle, puis je suis sorti par la portière arrière tout en lui prêtant la main. Elle aurait préféré voir nos chemins se séparer, je l'ai lu sur son visage nébuleux, mais nous nous tenions côte à côte sur le trottoir et l'autobus s'éloignait dans un tourbillon de gaz et de déchets.

Sans échanger un regard, nous nous sommes mis à déambuler au milieu du tapage d'une artère commerçante où brillaient les devantures des magasins, les stations-service, les motels et les restaurants. Cinq minutes plus tard, nous bifurquions dans une avenue plantée d'arbres bourgeonnants pour nous immobiliser devant le hall vitré et brillamment éclairé d'un immeuble d'habitation de trois étages où la dame s'est mise à fourrager nerveusement son sac à main, feignant de chercher ses clés, mais elle s'inquiétait pour rien. Je lui avais déjà suscité beaucoup d'embarras, aussi lui ai-je fait mes adieux et suis-je parti sans me retourner. Restée debout dans le hall, la vieille dame s'est troublée comme une enfant coupable et m'a rappelé dans la rue pour me tendre un billet de vingt dollars en dédommagement de la perte de mon foulard, mais je lui ai fait de la main un signe négatif, puis j'ai tourné le coin et suis disparu dans la noirceur, l'eau de pluie gouttant de mon nez froid.

* * *

Le lendemain après-midi, je fumais pensivement sous les cieux gris et les arbres nus aux rares moineaux, assis sur un banc du parc Sainte-Marie, face à la prison de Parthenais, au cœur du quartier le plus misérable de Montréal. Autour de moi les pelouses lépreuses — semées d'étrons de chiens, de préservatifs usagés et de bouts de cigarettes — s'hérissaient de seringues souillées. L'atmosphère sentait à plein nez le printemps montréalais.

Sur un banc voisin, deux jeunes femmes obèses, chacune avec son bébé emmailloté dans un landau, fumaient comme moi des cigarettes de contrebande achetées chez les Mohawks. L'une parlait de son père qui, devenu l'esclave de ses propres saletés à cause d'un dysfonctionnement des sphincters, souffrait d'angoisse et d'accès de porphyrie qui le faisaient uriner rouge. J'écoutais d'une oreille les échos atroces de la vie ordinaire tout en songeant à l'époque noire où, haut comme trois crêpes, je jouais dans ce quartier du Faubourg-à-la-Mélasse. Nous habitions un modeste logis de la rue Harmony, presque au coin de la rue de Rouen. Ma mère roulait des cigarettes chez Impérial Tobacco et mon père foutait des embryons dans tous les utérus qu'il croisait dans sa traversée névrotique des nuits. Moi, j'allais à l'école Saint-Eusèbe et je ne comprenais rien de ce que les maîtresses rabâchaient. Un matin, des policiers survoltés ont déboulé dans ma classe en hurlant n'importe quoi. Ils nous ont obligés à nous recroqueviller par terre en silence, sous les pupitres, loin des fenêtres. J'avais peur de mourir et je voyais s'ouvrir tout un monde anormal sous la jupe d'une élève, pendant que des tireurs d'élite se postaient sur le toit de l'école. Les points de visée étaient les fenêtres d'un logement de la rue voisine, ma rue Harmony, où un désespéré s'était barricadé avec un fusil de chasse. Or, ce forcené, c'était mon père. Ce logement, c'était mon chez-moi où j'avais toutes mes petites choses. Et la femme morte aux pieds de mon père dans une mare de sang, le cœur arraché d'une décharge de chevrotines, c'était ma mère. Pourquoi y penser vingt ans plus tard ? Parce que, au fond, mon père n'était pas si différent du jeune homme que j'avais vu mort, la veille, écrasé sur l'asphalte du boulevard Lafayette, sous le pont Jacques-Cartier, de l'autre côté du fleuve, à Longueuil. Mon père, il y a vingt ans, ainsi que le jeune suicidé d'aujourd'hui, avait comprimé le temps d'une vie pour en exprimer violemment toute l'amertume, et dans l'infini tout l'univers éternel s'était ramené au moindre de ses instants — l'instant zéro, fatal et décisif. La différence, c'est que mon père, avec sa haine, avait expulsé des flots de ténèbres, ce qui l'avait lavé de sa démence et laissé propre à vivre, repenti, à la lisière du monde, alors que le garçon du pont Jacques-Cartier, disparu sans connaître la vérité sur le feu de sa naissance et le secret de son mal, tomberait sans fin en soi-même, vers le rien, cet empire des entrailles où il se mourrait seul éternellement, plus dépouillé que personne, infiniment plus pitoyable que mon père qui, lui, ayant prostitué son existence à lui-même, en avait été nanti du cœur d'une femme et d'une destinée toute renouvelée.

Sur quoi, d'une chiquenaude pleine d'étincelles, j'ai catapulté mon mégot au loin, puis je me suis mis debout et suis parti. Par la rue Logan j'ai gagné l'avenue De Lorimier et, de là, les abords du pont Jacques-Cartier long de deux milles. D'un élan j'ai traversé les rampes d'accès en zigzaguant entre les voitures, puis j'ai enfilé le trottoir accroché au flanc du pont, en saillie au-dessus du vide. Les mains dans les poches de mon manteau, avançant à longues enjambées, je me hissais dans l'air agité qui brassait les relents des malteries. Tout en bas, l'île de Montréal finissait abruptement dans l'eau, comme la Terre jadis, plate et cernée d'abîmes. À gauche, vers le nord-est, je distinguais au lointain les chemins d'eau, balisés de bouées à photophore, qui sinuaient vers l'Atlantique en charriant des noyés ; et, à droite, vers le sud-ouest, je contemplais les gratte-ciel du centre-ville et l'horloge géante de la brasserie Molson, dont les aiguilles lumineuses indiquaient trois heures et demie. À cette heure-là exactement j'ai atteint la section en treillis où le vent sifflait fort dans les poutrelles de la haute structure. Sous moi, les piles plongeaient dans le fleuve deux cents pieds plus bas, et, au passage des poids lourds, le ruban de bitume de l'étroite passerelle se dérobait sous mes pieds comme le plancher d'un train. Ensuite j'ai atteint les rives rocheuses de l'île Sainte-Hélène et survolé ses flancs boisés. Passé l'île et la tour de pierre de Lévis, la passerelle remonte pour franchir le chenal Le Moyne et la voie maritime des Grands Lacs au-dessus de laquelle le pont culmine. De là, la vue embrasse toute la Rive-Sud, jusqu'aux collines Montérégiennes, puis la passerelle amorce sa descente vers Longueuil. Me guidant sur la boîte à chaussures de l'hôpital Charles-Lemoyne, je promenais mes regards sur l'existence pâle des banlieues et j'ai repéré au loin le clocher de l'église Notre-Dame-de-l'Assomption, près de laquelle j'ai mon appartement minable. J'ai pensé : un million d'individus vivent là, sous mes yeux, mais je ne vois personne et je n'ai pas d'amis. Les hommes sont si minuscules.

Soudain je suis devenu nerveux, hanté par l'esprit des lieux, et je me suis immobilisé. « C'est ici, il se tenait juste ici… » L'estomac noué, je me suis penché sur le garde-corps, remué par le frôlement d'une présence invisible, et je pouvais voir tout en bas, sur l'accotement caillouteux du boulevard Lafayette, les couleurs vives des gerbes de fleurs et les petites flammes dansantes de dizaines de cierges. Encore une fois, j'ai pensé :

« Ç'aurait pu être moi… On dirait que c'est moi… »

Il y avait peut-être une trouée, là où je me tenais, une déchirure dans l'invisible par où le jeune homme avait dégringolé de l'autre côté des choses pour y dénouer son calvaire, et d'infimes tourbillons agitaient encore l'atmosphère.

« Il était ici même, il a vu tout ce que je vois, il a respiré l'air que je respire. »

Son dernier souffle flottait autour de moi et me glaçait la nuque, me chuchotait à l'oreille des supplications incompréhensibles. Les mains crispées sur la rambarde, je sentais le pont trépider au passage des véhicules et je me demandais si la mémoire du jeune suicidé lui survivrait quelque part, dans une sphère de souvenirs ; s'il y aurait des humanités à naître, là-haut, un jour prochain, et si des hommes s'agiteraient à nouveau au plus profond de ces espaces déshérités. C'est comme si j'avais voulu rejoindre cette âme dans l'éloignement des siècles à venir, ou toucher par l'esprit ces enfants que nous redeviendrions peut-être, un jour, si l'univers avait la folie de tout reprendre son œuvre et d'insuffler aux disparus le désir maladif de revivre.

« Non ! Fais pas ça ! »

Ces cris m'ont fait tressauter et j'ai tourné mon regard vers une fille vêtue d'un blouson de cuir, qui s'approchait avec précaution, toute tendue jusqu'au bout des ongles, les yeux à fleur de tête. Venant de Montréal dans mon sillage, elle avait fini par me rattraper, mais je n'étais pas exactement ravi de la voir apparaître dans ma tragédie, d'autant moins qu'elle portait un jean si serré que la couture de la fourche fendait jusqu'au noyau la pêche de son sexe.

« Saute pas ! »

Je ne sais pas pourquoi, mais j'ai pensé, à cet instant, qu'un tel visage sanguin, niché dans une débauche de cheveux noirs, est l'image fidèle et insoutenable du pubis de la femme, la lésion profonde des nymphes dévoilées.

« Qu'est-ce que ça peut te foutre, que je saute ou pas ?

— Il faut vivre, c'est important.

— Ah oui, c'est vrai, la vie est belle, j'oubliais, et l'amour est plus fort que tout, et le rire nous sauve du cancer, c'est bien ça ? C'est ce que tu veux me fourrer dans le crâne à coups de marteau ?

— T'es méchant. »

Sans lâcher la rambarde, je lui ai demandé de me citer une seule bonne raison de ne pas me précipiter par-dessus bord. Elle a hésité, ses yeux ont papilloté, puis elle m'a répondu : « Pense à ta mère, à ton père… » J'ai éclaté de rire : « Pauvre de toi, si tu savais ! Ma mère est morte quand tu es venue au monde et mon père est en prison.

— C'est pas une raison pour te tuer. »

À ce moment-là, le soleil a percé les nuages et un faisceau de rayons a balayé la banlieue et glissé vers le pont. Il y avait si longtemps que je n'avais pas vu ce foutu soleil que les choses ont comme pris feu dans l'atmosphère. Le bitume s'est mis à chauffer et l'air à vibrer doucement, puis j'ai senti mes mains se détendre, mon corps s'ouvrir à la chaleur. L'instant d'après le pinceau de lumière s'est déplacé pour éclairer l'île Sainte-Hélène, puis l'île à son tour est retombée dans l'ombre, et bientôt la brèche dans le ciel s'est refermée.

« T'as vu ça, mam'zelle ? T'as vu les rayons tomber du ciel ? Tu me dis pas que c'est un miracle ? Un signe du petit Jésus ou de la Sainte Vierge ? »

La jeune fille a soupiré fort en hochant la tête de vexation, puis elle m'a dépassé en me conseillant de me jeter dans le vide si ça me chantait, qu'elle n'en avait finalement rien à foutre. J'ai flairé les fumées de son parfum et l'ai regardée s'éloigner sans rien lui riposter. Elle avait des fesses de rêve, bien mûres à fendre, en paquet-cadeau, mais il y a longtemps que je ne rêve plus. Elle a tout de même eu le courage de ne pas se retourner une seule fois vers moi. J'avais ce que je méritais, et c'est seulement alors que je me suis mis à penser à ma mère. La nuit avant sa mort, j'avais été pris d'une crise de faux croup et m'étais réveillé ruisselant de sueur. Étranglé par des spasmes du larynx, je râlais comme un moribond, puis, me sentant glisser dans la mort, je m'étais agrippé du regard à mes jouets — mon épée de plastique, mon gant de baseball, ma toupie à musique —, quand soudain j'avais vu ma mère apparaître à travers une buée de larmes et senti la caresse d'une débarbouillette fraîche sur mon front brûlant. Ensuite elle m'avait fait des embrocations, m'avait plaqué sur le torse des linges graissés de lard chaud à la moutarde. Au bout d'une heure elle avait réussi à m'apaiser et je m'étais rendormi comme un petit animal, couché en fœtus. Le matin, à mon réveil, j'avais vu que ma mère avait épinglé à mon maillot de corps une médaille de la Vierge et un tout petit pain de camphre en talisman. Elle dormait encore quand je suis parti pour l'école et je regrette infiniment de ne pas l'avoir embrassée ce matin-là, mais jusqu'à mon dernier soupir je reverrai son visage baigné d'un brouillard élégiaque, les voiles diaphanes de sa nuisette rose, ses yeux d'or lavé, ses longs cheveux brillants, ses mains douces massant ma poitrine maigre et toute rougie de boutons de fièvre.

Depuis lors, dans le silence des années qui passaient, j'échafaudais les vues d'un autre monde gouverné par d'autres dieux, soumis à d'autres principes ; un nouveau monde prisonnier des miroirs où l'on avait le cœur à la place du foie et le fiel au cœur, un monde renversé, perverti, où le retournement des visages, des gestes, des lois — de l'être tout entier — pourrissait les vertus, la vérité et l'amour. Dans un tel monde irrespirable je pouvais à satiété accuser le vice, le mensonge et la haine de m'avoir ravi mes espoirs de bonheur, mais j'y étais si seul, si pauvre et si carencé que je me demandais souvent si je pouvais y vivre encore longtemps.

Devant ce paysage de misère, je n'étais pas loin de mon pauvre vieux monde, aussi ai-je décidé de rebrousser chemin et de retraverser le pont Jacques-Cartier jusqu'à la prison de Parthenais. Avec un peu de chance, on m'accorderait une seconde visite ce jour-là et je reverrais mon père, cet homme au regard obscurci par toute une vie sans vrais amis. Que signifiait, à ses yeux, vingt ans plus tard, la mort de ma mère ? Se voyait-il, lui aussi, comme tous les assassins, moins coupable aujourd'hui qu'autrefois ? Les années gâchées au fond de sa cellule rachetaient-elles peu à peu le massacre de cette vie innocente ? N'éprouvait-il pas une nausée suicidaire à l'idée qu'agissaient en lui, patiemment, les forces occultes de l'oubli ? J'allais lui poser toutes ces questions envenimées et il avait intérêt à cracher la vérité vraie. Quant à moi, vingt ans plus tard, je n'avais toujours pas décidé si j'allais un jour lui pardonner son meurtre ou si je le tuerais de mes propres mains à la première occasion. En lui je voyais toujours converger les pires monstruosités des hommes, mais j'avais moins peur qu'avant à cause de l'espace et du temps que j'avais osé mettre entre nous. Certes, j'avais hérité de lui des tares qui m'empêchaient d'être heureux, mais j'apprivoisais l'idée que ce legs empoisonné ne devait pas être le fait d'un acte conscient de rancœur, mais bien plutôt d'une catastrophe dans les profondeurs de l'ascendance. Autrement dit, je ne pouvais lui tenir rigueur de tout, et certainement pas de l'entièreté de mon désastre. Ainsi, et je voyais clair enfin, le suicide du jeune homme du pont Jacques-Cartier avait été une remise de soi sacrificielle au monde, et sa vie perdue se prolongeait en moi pour me frayer le chemin dans la nuit. Mais jusqu'où ? Jusqu'à l'homme auquel je devais tendre, par-delà les pièges du sang et les revers fatals, au mépris des accès de mélancolie qui m'annihilaient si souvent. Vague et mystérieux, cet homme voûté sous la pluie, au loin, semblait me murmurer du fond du monde :

« Ce néant qui pèse sur ta tête, qui entre par ta bouche et descend en toi jusqu'où tu ne te connais plus, ce néant, c'est le tien, simplement le tien devant moi, devant nous. »

Une énigme capitale persistait pourtant dans les méandres secrets de mon cœur : si l'amour des femmes ne suffisait pas à faire ouvrir les yeux des hommes à la lumière, sous l'empire de quelles toutes-puissances pouvions-nous espérer cet éblouissement, le mystère de la vie heureuse ?

* * *

Quand j'étais petit, dans notre humble logis dénué de livres au cœur du Faubourg-à-la-Mélasse, ma mère me bordait dans mon lit tous les soirs et ses mots chuchotés me préparaient à « dormir comme la Loire », puis la noirceur baignait mon lit comme la mer au loin devait baigner les îles, mais un jour, à l'école, j'ai lu *Alice au pays des merveilles* et j'ai compris, grâce au loir ensommeillé, qu'il faut plutôt dire « dormir comme un loir » — mais ma mère disparue jamais ne le saurait.

La mort heureuse

Ma mère pleurait des larmes de sang, mon père sombrait dans une profonde dépression mentale dont il ne se dépêtrerait pas de sitôt, mes grands-parents peinaient à nous ramasser à la petite cuillère, mais nul ne pouvait m'aider et je n'étais d'aucun secours pour personne. Songeant sans cesse à mon frère, Alain, je le cherchais partout frénétiquement, tendu comme une corde de piano, et dès qu'on m'adressait la parole je criais, je blasphémais, puis la rage de foncer droit devant moi me précipitait dehors, sous des chaos de nuages illisibles.

Lancé à l'épouvante dans les rues, sur des boulevards qui singeaient l'horizon, je fuyais aussi loin que possible, poussant parfois jusqu'à l'Abord-à-Plouffe, parfois jusqu'à Saint-François, mais la plupart du temps j'échouais dans les immenses centres commerciaux du cœur battant de Laval. On ne pouvait pas aller plus loin à pied, sous peine de mort, à cause des friches marécageuses, des zones industrielles, des installations électriques, des voies rapides et des chemins de fer. C'était là la fin du monde habitable, mais aussi de la vie intérieure et de toute forme d'espoir. Il fallait tout de même encore traverser des parkings vastes comme des maladies mentales pour atteindre les hypermarchés ligotés d'autoroutes. L'été, il y avait quelque chose d'infernal dans les hurlements du soleil sur les autos brûlantes, comme une scintillation de névrose, mais à la fin je gagnais les lourdes portes vitrées que je poussais d'une fesse pour pénétrer dans le grand fantasme occidental climatisé.

Révolté contre tout, contre le monde, la laideur, les hommes et leurs dieux, mais surtout contre moi-même, j'errais d'abord dans un *magasin à rayons* qui tirait son nom, croyais-je, des éclairs au néon qui inondaient les lieux, puis je débouchais dans les couloirs surpeuplés où l'on déambulait au ralenti, en quête du bonheur en solde dans les vitrines aux fascinants reflets liquides. Au milieu de la cohue, je ressentais avec violence le magnétisme désespéré des religions, car Dieu hantait ces capharnaüms baignés de musiquettes où le peuple moutonnier se rameutait pour se bercer d'histoires abracadabrantes et pour se convaincre qu'on l'aimait et qu'on l'avait choisi parmi les multitudes. L'éternel dieu trompeur, le veau d'or des ténèbres, je le devinais maintenant dans le gouffre de tous les regards et dans le piétinement de troupeau de la foule, dans la rage des achats compulsifs, dans les fracas de fête machinale qui fusaient de la salle des billards électriques. Autour de moi battaient les cœurs en joie, frémissaient les âmes enlevées par la félicité, mais l'illusion du nombre et du mouvement noyait dans le tumulte la solitude de chacun, dont la mienne, ma solitude absolue, et poussé par la tristesse j'allais m'acheter une glace à la confiserie Laura Secord pour chérir le fantôme de mon frère qui avait travaillé là l'été de ses dix-huit ans, les cheveux enserrés dans une résille, à échafauder aimablement des cornets de crème glacée et des banana split pour des milliers d'enragés de glucose. Durant ses pauses-café, il lisait quelques pages de ses ténébreux philosophes ou de ses poètes latins, notait ses pensées dans un carnet ou discutait avec un ami venu le saluer, mais ces visites étaient de plus en plus rares, puisqu'il avait de moins en moins d'amis. Depuis plusieurs mois déjà, ceux-ci, alarmés, me visitaient en secret pour me prévenir de ses incohérences et de ses déséquilibres : ton frère est en train de capoter, disaient-ils, fais quelque chose. Mais je ne faisais rien, je ne savais pas quoi faire, le sens de leurs paroles m'échappait et la panique paralysait mes réactions.

Durant les derniers mois de l'année scolaire et tout l'été de ses dix-huit ans, Alain avait passé presque toutes ses soirées cloîtré dans sa chambre comme un ermite, à fumer du haschich dans un shilom d'Afghanistan et à lire le diable sait quoi, d'épais bouquins et de fines plaquettes qu'il ramenait de la bibliothèque, et rien ne l'intéressait plus que cette quête silencieuse et pleine de mystères. Ce qui le fascinait n'intéressait personne, et lui-même abhorrait les groupes de rock, les films de violence et les imbécillités de la télévision. Après souper, avant de se claustrer dans son mutisme avec ses livres, il allait traînasser dans les rues obscures du quartier, le long de la rivière des Prairies ou dans les parages de l'île aux Fesses. Il m'interdisait de le suivre, mais un soir je l'ai vu, dans la rue voisine, se faufiler sur un terrain vague resserré entre un entrepôt et l'atelier d'un débosseleur de carrosserie, se glisser par-dessous une clôture métallique et dévaler le ballast latéral pour s'aventurer sur la voie ferrée du Canadien Pacifique qui court au fond d'une tranchée. J'ignore ce qu'il fabriquait dans ces lieux funèbres, mais souvent la nuit, quand il ne rentrait pas, je le voyais en rêve se précipiter sous les roues d'un train en marche.

* * *

Un samedi du début de l'été, vers midi, mon frère voulait que je l'accompagne quelque part et j'ai tout abandonné sur-le-champ pour lui emboîter le pas. Nous sommes partis à pied, comme d'habitude, et il s'est mis à me parler de la pluie et du beau temps, tellement la langue lui démangeait, puis il est entré dans le vif du sujet et m'a appris la nouvelle : Maryse en avait finalement eu assez de leurs querelles et elle avait rompu avec lui. Je pouvais donc l'avoir si je voulais, elle était libre comme l'air. Quand, après un flottement, j'ai saisi la teneur de ces sottises, je me suis entendu le traiter de fou et j'ai soudainement compris le désarroi de ses amis. Mon frère m'a répondu que de nous deux le fou c'était moi : il fallait l'être assurément pour dédaigner une fille comme Maryse, si riche de potentialités, bien faite de partout avec une solide tête sur les épaules — d'ailleurs il la comprenait de l'avoir répudié, il ne lui en voulait pas, il aurait fait la même chose à sa place, mais en attendant elle pourrait me déniaiser, il était grand temps que je connaisse des filles, et Maryse serait parfaite pour moi, puisqu'il m'avait pour ainsi dire frayer la voie jusqu'au sanctuaire, et quand il couchait avec elle il pensait toujours à moi, à moi avec elle, alors il me l'offrait, il me la donnait et je pouvais en faire ma chose. Tout hébété, je cherchais mes reparties, mais rien ne franchissait mes lèvres closes, et tout à coup Alain a dit : c'est ici, on est arrivés.

En disant cela il avait obliqué vers la porte vitrée de *Monsieur Tattoo*, un salon de tatouage des plus louches du boulevard des Laurentides. Je l'ai suivi mécaniquement dans le commerce et j'ai fini par apprendre qu'il voulait se faire marquer le nombre 2011942 sur l'avant-bras gauche. Le type chez *Monsieur Tattoo*, un Hells Angel notoire, avait haussé les épaules et s'était mis au travail. Faisant cercle autour de nous, tous assis à califourchon sur les chaises devant-derrière, six ou sept monstrueux motards barbus et coiffés à la viking, vêtus de cuir clouté et de vestes en jean sans manches, se balançaient en nous examinant hostilement, de la fumée de marijuana plein les poumons. L'un d'eux, celui de l'Élite des Ordures, avait des svastikas tatoués sur ses énormes biceps; les autres avaient la peau tapissée de filles nues, de démons psychédéliques et de têtes de mort ailées. Pendant que le tatoueur piquait des pigments verts sous l'épiderme de mon frère, je me tenais coi dans l'ombre, m'efforçant de faire tapisserie contre un mur, mais c'est alors qu'Alain, se foutant royalement des Hells Angels, m'avait dit, très fort, pour couvrir les hurlements gutturaux et les riffs brutaux de la musique *death metal*, que ce chiffre sur son bras évoquait le 20 janvier 1942, date de la conférence de Wannsee, quand les Allemands avaient officiellement mis au point l'application de la solution finale, le nettoyage d'ouest en est de toute l'Europe infestée de Juifs.

Peu après, au sortir de l'établissement, entre les choppers Harley-Davidson, mon frère m'avait lancé en riant, son bras fraîchement tatoué dressé en direction du salon dans un simulacre d'érection : « Ils sont tellement débiles qu'ils prennent ça pour un hommage aux nazis ! »

* * *

Chez Laura Secord je demandais toujours une glace à la pistache, le parfum préféré de mon frère. Pendant assez longtemps, j'ai été servi par des employés qui avaient connu Alain, des jeunes comme lui qui avaient besoin d'argent de poche, et quand ils me reconnaissaient ils me confiaient des gentillesses et réitéraient leur peine, certains me parlaient inlassablement de son matricule que tout le monde pouvait voir quand il tirebouchonnait ses manches pour mouler au cuilleron des boules de crème congelée, ce tatouage si troublant qui avait poussé plus d'un ignorant à s'absorber dans des manuels d'histoire, mais peu à peu ils sont tous partis, remplacés par des inconnus. Dès lors, mon cornet englouti, je vidais les lieux sans parler à personne et je filais à travers les parkings consumés de soleil où des mirages ondoyaient toujours sur les carrosseries aux rutilements métalliques.

* * *

Le mois d'août achevait, ce serait bientôt la rentrée des classes, mais mon frère n'avait nullement l'intention de poursuivre ses études au delà du minimum vital, la cinquième année du cours secondaire. Il parlait plutôt d'aller trafiquer les rubis dans le Karakorum, l'héroïne en Afghanistan et la pourpre en Mauritanie, ou de rallier le Yukon où il y avait encore de l'or natif dans les fleuves, il avait lu des livres là-dessus, et il irait prospecter en solitaire les encaissements de tous les chaînons du Klondike où il chasserait peut-être le grizzly. Ou il irait engrosser des Indiennes au bord du Grand lac des Esclaves, « de préférence des Flanc-de-Chien », avait-il dit en éclatant de rire. Moi, je calquais sa physionomie et m'efforçais d'accorder mes exclamations avec les siennes, mais ses divagations et son inconsistance m'attristaient. L'instant d'après il voulait se sauver au Mali, au Mexique, au Tibet, en Syrie. On aurait dit un poulet étêté.

Août s'achevait et mon frère et moi mangions des hamburgers et des frites en plein air, l'arrière-train posé sur un banc public du parc Stanley, pendant qu'un chien jaune nous reniflait les semelles.

« Il pue la souris, dit Alain, il doit avoir la gale. »

Face à nous, tout un monde renversé ondulait à la surface de la rivière des Prairies — la presqu'île du Marigot, la marina Commodore d'où les hydravions prenaient le ciel et grimpaient vers les nuages en bourdonnant, le pont Ahuntsic en dos d'âne qui portait les autos et les camions par-dessus la rivière polluée.

Un écriteau fiché devant nous nous apprit que le nom du quartier Ahuntsic provient du surnom donné par les Hurons au jeune guide français qui se noya dans un sault tout près de là, en 1625, avec le récollet Nicolas Viel.

« Ça, me dit Alain, j'aurais adoré le faire, vraiment.

— Quoi ? Te noyer ?

— Mais non, tête de lard : parcourir la Huronie en canot, autrefois, avec tous ces aventuriers.

— Il fallait avoir la foi.

— Pas besoin. J'aurais pas été missionnaire, moi, mais explorateur, coureur des bois, négociant en peaux. J'aurais appris les langues indiennes et me serais mis avec une Ojibway du Minnesota ou une Cree de la baie James. J'aurais vécu en pleine forêt, au bord de cent mille lacs, et j'aurais eu cent un enfants, dont cinquante et une filles.

— Pourquoi cinquante et une filles ?

— Pour que la fille en trop devienne la conscience du monde, l'infime pourcentage essentiel à la vie intelligente. »

En disant ces mots il avait déboutonné sa chemise et s'était ébouriffé les cheveux pour se donner une contenance de poète ravagé d'émotions ou de philosophe fulgurant, ensuite il s'est esclaffé et a jeté les restes de son hamburger et de ses frites au chien jaune qui a tout dévoré en quelques clappements de gueule.

« Tu te rends compte, a-t-il dit en hochant la tête de dépit, il y a le monde entier, juste là, tout autour de nous, qui crie pour que je le déflore, et moi je fais quoi ? Des cornets et des banana split pour les parvenus de la planète… »

C'est alors qu'une fille au teint de lait, aux longs cheveux couleur paille et aux dents parfaites comme des perles, une beauté qui pouvait avoir l'âge de mon frère, a surgi dans notre champ de vision pour nous tendre un prospectus de l'Église évangélique libre. Alain a relevé le front, l'air questionneur, puis, tout réjoui, s'est écrié : « Un oxymoron ! » La jeune fille n'y comprenait rien, donc Alain n'expliquait rien, préférant lui demander : « Est-ce avec toi qu'on communie ? » Un sourire indéchiffrable flottait sur les lèvres roses de la fille qui a répondu que non, que son Église était née de la Réforme du XVIe siècle, ce qui ne devait laisser planer aucun doute sur le sérieux de l'opération, puis, pour que mon frère ôte les yeux de ses seins volumineux qui gonflaient son chemisier, elle a tapoté du doigt sur le tract pour nous faire lire les paroles de saint Jean Bouche d'or, un des Pères de l'Église : *Dans les choses essentielles, l'unité; dans les choses secondaires, la charité; en toutes choses, Jésus-Christ.*

« Ça y est, a dit Alain, ta religion commence déjà à nous casser les parties. »

Sur quoi la fille a fait rebondir la conversation pour ajouter d'une seule haleine, dans l'espoir de nous tenter, que l'Église évangélique libre n'est pas exclusive mais inclusive, que l'épître aux Galates rejette le légalisme et que le don de soi est l'expression ultime de l'amour — et jusque-là tout baignait dans l'huile, mais en même temps Alain et moi lisions du coin de l'œil sur le feuillet : *Mais lorsqu'on considère les épîtres aux Corinthiens et l'épître aux Romains, on trouve que l'apôtre repousse ceux qui abusent de la liberté et vivent de façon désordonnée.*

« Franchement, il n'y a rien à faire, a dit Alain d'un ton désolé, c'est sans espoir, on est disqualifiés. Surtout moi… »

Il a néanmoins remercié la fille de s'inquiéter de notre bonheur métaphysique, puis il lui a laissé entendre que nous étudierions tout de même sa réclame et soupèserions ses doctrines car, après tout, des conversions, ça s'était déjà vu, et il a cité les exemples de Constantin le Grand et de saint Paul sur le chemin de Damas. L'Église de la fille avait pignon sur rue aux environs du métro Crémazie et il n'était pas impossible qu'elle nous y voie un jour resurgir. Sur ce, elle a filé faire son prosélytisme plus loin, où elle est tombée sur un couple d'homosexuels.

« Je te parie une bouteille de tequila que je la baise dès ce soir, que je lui fais voir des dieux toute la nuit et qu'avant le matin je l'aurai convertie à ma queue polythéiste. »

Cette fois, j'ai répliqué : « Et Maryse… ?

— Quoi, Maryse ? Qu'est-ce qu'elle a, Maryse ?

— Elle t'aime encore, je le sais.

— Fuck Maryse. Qu'elle m'aime, si elle a rien de mieux à faire dans la vie, c'est son problème. Moi, je suis ailleurs. »

Là-dessus, mon frère s'est levé d'un bond et m'a adressé un clin d'œil en amorçant le geste de se jeter aux trousses de la fille.

« Tu vas pas faire ça pour vrai ? »

Ce à quoi Alain, futé, m'a répondu par une question :

« Se contenter de ne pas être mort, est-ce vivre ? »

* * *

Mon frère est rentré au milieu de la nuit, vers trois heures. Ne dormant que d'un œil, nu comme une larve sous un drap de coton, je l'ai entendu descendre au sous-sol en étouffant ses bruits pour ne pas réveiller nos parents qui dormaient au rez-de-chaussée. Il a poussé la porte de ma chambre, a allumé le plafonnier et m'a lancé sans ambages :

« Match nul. On se doit chacun une bouteille. »

Je me suis dressé sur mon séant, aveuglé par la lumière agressive qui s'engouffrait dans mes pupilles.

« Qu'est-ce que tu fais couché si tôt, toi, tout nu dans ton lit ? Tu te masses le tube en fantasmant sur Maryse ?

— Hostie que t'es con ! »

Les paupières engluées, je lui ai balancé un oreiller à la figure et j'ai entendu l'entrechoquement des bouteilles de tequila qu'il tenait sous son bras gauche.

« Habille-toi, petit frère, on va aller s'humecter les amygdales. »

Je me suis mis debout, les plis de l'oreiller imprimés en creux sur le visage, une touffe de cheveux gras rebiquée en crête de coq, et tout confus j'ai enfilé un soulier et la manche d'une chemise tout en tâchant de me reculotter sur une jambe. Mon frère m'a traité de nullité, a ridiculisé mon torse squelettique et mes fesses glabres — mes « deux lunes en peau de menton » —, mais j'ai réussi tant bien que mal à me rebraguetter, la chemise boutonnée de travers.

« T'as vu ça ? m'a demandé Alain. J'ai ramené de là-bas un Nouveau Testament tout neuf. »

Il avait déjà arraché une dizaine de pages du livre sacré pour rouler des cigarettes de cannabis dans le papier bible. Il m'a fait voir les joints dans la poche de poitrine de sa chemise, puis il a abandonné le Nouveau Testament sur ma commode et nous avons quitté la maison.

« Crois-le ou non, m'a soufflé mon frère dans la nuit, on a eu une bonne discussion culturelle. Elle soutient que le meilleur film biblique est *Jésus de Nazareth*, de Zeffirelli, moi je prétends que c'est *L'Évangile selon saint Matthieu*, de Pasolini. Qu'est-ce que t'en penses ?

— Vous êtes dans les patates tous les deux : le meilleur film biblique, et de loin, c'est *2001, l'odyssée de l'espace*. »

Dehors, nous ne sentions pas un brin de vent sur nos bras nus, et pas une feuille ne tremblait, mais l'atmosphère vibrait des stridulations des grillons dissimulés dans les herbes. Tout le monde rêvait dans les maisons enténébrées et nos pas résonnaient dans les rues étouffées par les arbres surplombants. L'haleine de la rivière des Prairies se répandait par bouffées à travers le quartier, se mêlant aux senteurs sucrées de cire chaude exhalées de la manufacture de chandelles de la montée du Moulin. Ma première rasade de tequila m'a creusé une longue plaie de feu jusque dans les boyaux. C'était de la tequila bon marché, colorée au caramel, mais qui pouvait soûler son homme.

« Pas de citron ni de sel cette nuit, a dit mon frère. Il n'y a rien à fêter. Pas de mélange non plus, on boit sec loin du Mexique. »

Lui, il était déjà passablement éméché. Il avait commencé à boire sur le chemin du retour, sur la pente abrupte de sa chute, au sortir de l'Église évangélique libre.

« On peut pas dire que je l'ai baisée, mais on peut pas dire que j'ai pas couché avec elle.

— Je vois. D'où le match nul.

— D'où le match nul, exactement, mais c'est triste, une si belle fille qui connaît si mal son corps, c'est du gaspillage.

— Peut-être pas pour Dieu.

— Peut-être pas pour lui, non, a-t-il fait en pouffant, mais pour les primitifs comme toi et moi, oui, je te jure.

— Donc, elle est restée monothéiste. »

À ces mots, Alain a failli s'étouffer et toute sa gorgée de tequila lui a giclé entre les dents avec son insulte : « Va chier, enfant de chienne !

— Eh ! Insulte pas ma mère, toi, espèce de trou de cul !

— Qui t'a dit que c'est vraiment ta mère et que je suis vraiment ton frère ? Pourquoi tu serais pas un enfant de chienne ?

— Va donc chier toi-même… »

Mon frère exultait, portait sans cesse la bouteille à ses lèvres et me toisait de travers, l'œil flamboyant, la peau huileuse de sueur, les cheveux en coup de vent. Je sentais confusément qu'il avait pris l'initiative de notre errance, mais je le suivais comme un petit chien, m'emplissant l'estomac à grandes lampées d'alcool.

Le boulevard des Prairies était désert à cette heure-là, excepté un taxi au loin, dont le dôme en losange luisait d'un éclat astral. Sous le viaduc du Canadien Pacifique, les rails brillaient sous les sinistres réverbères, puis nous avons pris le sentier planté de vinaigriers, à droite, qui s'ouvrait dans les herbes foulées jusqu'au pont ferroviaire de l'île aux Fesses, ce vieux pont de bois et de fer en hauts treillis rouillés. Des jeunes gens avaient réussi à se hisser sur la plus haute poutrelle de ce meccano géant, au-dessus de la voie, pour y peindre en grandes lettres blanches le mot LOVE.

« Vois comme c'est touchant, a dit Alain. Des idéalistes ici ont risqué leur vie pour l'amour. »

Nous avons enfilé la travée des piétons et au milieu du pont Alain a franchi la rambarde pour se cramponner à la charpente métallique, ensuite de quoi, prenant appui sur des entretoises, il est descendu dans les poutrelles comme le long d'une échelle, dans l'espace qui s'ouvrait dans l'interstice, entre la passerelle et la voie ferrée. Serrant fort ma bouteille de tequila par le col, j'ai suivi mon frère dans l'ossature du pont, et finalement nous nous sommes perchés sur une poutre, au-dessus des eaux putrides de la rivière des Prairies. Un peu partout dans l'armature nichaient de gros oiseaux recroquevillés, dont les hululements lugubres me semblaient des menaces. Tout en tétant notre tequila à même le goulot, mon frère et moi balancions les jambes dans le vide et laissions vaguer nos regards sur les eaux limoneuses de l'été, épaissies par la vidange, qui puaient la bourbe. Des nappes de joncs pourris tournoyaient à l'arrière-bec des piles, et parmi ces débris flottaient une carpe crevée, une perchaude décolorée, un brochet tronçonné par l'hélice d'un hors-bord. La lune glissait comme une lanterne en papier de riz dans la fumée des nuages, à travers les barres de fer croisées, et quelques étoiles scintillaient sur nos têtes, entre les traverses de la voie ferrée.

« Veux-tu fumer, mon frère ?

— Non, j'ai bien assez de ta tequila dans le sang. »

Forte de ses quarante degrés alcooliques, la boisson commençait à m'engourdir le corps et à m'abrutir l'esprit, et je me sentais devenir malheureux. Je pensais que ces eaux infectieuses, mille fois bues et évacuées par les hommes, avaient perdu jusqu'au pouvoir de baptiser les nouveau-nés, et la rivière des Prairies se confondait sous mes yeux avec le Styx, ce fleuve qui cerclait l'Enfer, dans les encyclopédies de mon enfance. Mon frère, lui, a posé sa bouteille à côté de lui et a gratté une allumette. La main en lumignon autour de la flamme, il a allumé le joint qu'il s'était collé à l'angle des lèvres ; j'ai vu du coin de l'œil rougeoyer son visage, puis le tabac a grésillé, les grains de résine ont pris une couleur de braise et la fumée a ondoyé librement pour entourer sa belle tête de médaille. Tout à coup, l'air de la rivière s'est mis à remuer et j'ai senti un léger vent frais sur mes tempes en même temps que les premiers effluves de l'encens psychédélique.

« Ah, mon frère… Fumer du hasch népalais dans une page de l'Apocalypse… »

Je n'osais pas considérer Alain de front, mais, le regard en coulisse, je pouvais distinguer son matricule tatoué sur l'avant-bras et sa main qui avait agrippé l'arête d'une poutrelle. Il avait déjà englouti les deux tiers de sa bouteille et devait être méchamment embrumé. Là-dessus, j'ai fermé les yeux un moment et renversé la tête pour savourer la brise qui passait délicatement ses doigts de femme dans mes cheveux.

Quand j'ai rouvert les paupières, mon frère drogué brandissait un revolver dans la nuit.

« Fuck ! T'es malade !

— C'est un beau morceau, hein ? J'ai réussi à me payer ça avec mes banana split.

— Fuck you ! »

C'était un revolver en acier brillant, à canon court : « Un Smith and Wesson pas cher, a dit Alain en faisant jouer l'arme dans les rayons de lune, calibre trois cent cinquante-sept magnum, à cinq coups et à double action. Pas besoin d'armer le chien.

— Il est chargé ?

— Ben oui, christ ! Sinon, ça serait pas un revolver, ça serait un hochet. »

Il a éclaté de rire et a absorbé une gorgée de tequila, mais moi, exaspéré par ses bêtises, j'ai catapulté ma bouteille dans la rivière : « Tu pars pour l'Église évangélique et tu reviens avec un revolver… T'es pas très logique, le sais-tu ?

— T'oublies l'interlude cochon avec la blonde réformée.

— Et tu vas faire quoi, là, avec ça, concrètement ?

— Si je vais au Nicaragua, je vais en avoir besoin.

— Tu devrais plutôt retourner à l'école au lieu de nous faire chier avec tes voyages de mes deux fesses.

— Ta gueule, morveux, tu connais rien à la vie. L'école, c'est rien qu'un piège à rats, c'est le portique d'un monde abrutissant où on travaille toute sa vie sans en avoir envie pour se payer péniblement de quoi oublier le travail. »

L'air contrarié, Alain a avalé une impressionnante goulée de tequila, ensuite il m'a expliqué que, dans les cellules bétonnées des écoles, des spécialistes tâchaient de domestiquer les jeunes pour les chosifier dans toutes sortes de métiers et de professions absurdes, mais que, en fait, c'était une erreur de se tuer à repousser sans cesse les limites de l'industrialisation, de la médecine, de la reproduction, de la possession et du savoir, puisque l'immense majorité des hommes resteraient toujours, derrière la façade, des psychopathes sanguinaires, racistes, cupides et égocentriques.

« Le plaisir de haïr et de tuer est trop grand, trop universellement répandu depuis des millénaires, il n'y a rien à faire pour le freiner, les hommes sont perdus. »

Il lisait beaucoup sur les calamités du monde, sur les guerres et les génocides, et il s'alarmait de ce que la plupart des participants à la conférence de Wannsee avaient été des docteurs en droit, en sciences politiques, en philosophie et théologie ; des fils de boulanger, d'agriculteur, de prêtre, de compositeur.

« Et puis, dit-il, j'ai appris une chose hallucinante : les garçons naissent toujours plus nombreux que les filles après les guerres, pour regarnir les armées du futur. »

Il voyait précisément dans ce phénomène diabolique une conjuration éternelle du cosmos et des molécules contre l'homme, le règne du Mal comme principe universel, la richesse luxuriante du Mal. Face à cette avalanche de faits effroyables, l'éducation et l'instruction étaient des luxes inutiles et Alain m'a avoué pour la première fois qu'il ne tenait pas beaucoup à la vie. La peur de l'inconnu, le douillet repliement narcissique, la thésaurisation et l'instinct de reproduction et de survie lui étaient des concepts incompréhensibles, étrangers à sa nature indocile et autodestructrice. Mon frère ne craignait pas davantage ce dieu mécanique et frigide qui avait dégorgé le monde et qui tenait lieu d'idole à toute cette chair à canon qui pullulait à ses pieds.

«Pour les croyants les athées sont myopes, a-t-il dit, comme si mes regards s'éteignaient avant de toucher Dieu, mais les vrais myopes sont les croyants : ils ne voient pas que je transperce tout Dieu d'un seul regard ni que je peux retourner l'univers comme un doigt de gant.»

La réponse aux mystères était que Dieu exècre les hommes, surtout les vermisseaux qui se jettent à plat ventre devant lui, disait mon frère, ceux qui osent lui mendier des faveurs.

«Moi, je joue pas à l'imbécile avec Dieu, mais je lui dis face à face que son monde me fait vomir. Tu crois peut-être que je suis fou de dire ce que je dis, que je me condamne à la malédiction, mais tu te trompes. Quand je parle à Dieu et que je lui dis ce que je pense, il se sauve pas comme il le fait devant les masses de chrétiens débiles qui viennent lui parler bébé, mais il m'écoute et je vois dans ses yeux qu'il me respecte. Il pourrait m'anéantir d'un geste, me foutre une leucémie dans le sang ou un cancer dans les os, et il sait que je connais sa puissance infinie, mais il a de l'estime pour moi parce que je soutiens son regard et que je lui dis que c'est pas vrai qu'il aime davantage les pauvres, les enfants, les malades, les innocents. Dieu les méprise comme les autres. En fait, Dieu respecte surtout ceux qui le repoussent et lui crachent dessus, et quand parfois un de ces enragés faiblit et retrouve la foi, Dieu l'adore plus que n'importe qui, plus que les pauvres, les enfants, les malades et les innocents. Tout le monde se trompe, tout le temps, depuis toujours, et tout le monde va se tromper jusqu'à la fin des temps. Si Dieu était vraiment celui que les gens croient, il aurait su avant ma naissance tout ce que je ferais et que je dirais aujourd'hui, et il m'aurait refusé la naissance, il m'aurait tué tout de suite pour m'empêcher de parler, mais je suis né et je parle, et si c'est comme ça c'est ou bien parce que Dieu est pas celui qu'on pense, ou bien parce qu'il veut que je dise ce que je dis. Ça fait que je dis que je le déteste, lui et son monde répugnant, et j'ai peur de rien, surtout pas de la souffrance, et si je dois aller brûler en enfer j'irai et je brûlerai, mais Dieu me fera jamais taire. »

En face de toutes ces horreurs, la solitude, les balles perdues, les mines antipersonnel, les maladies et les privations n'étaient que des vétilles pour Alain qui brûlait de fuir son état larvaire pour traverser les pays mis à feu et à sang où il voulait aider l'infime minorité des innocents au hasard de ses errances, dans le mépris souverain de Dieu et des tortionnaires. Il songeait au Nicaragua, à l'Angola, au Cambodge, au Liban.

« Je vais partir, a-t-il dit, très bientôt je vais m'en aller, mon frère.

— Va-t'en en Mongolie si tu veux, va-t'en au Zimbabwe, mais donne-moi ton fusil.

— Jamais de la vie.

— O.K., garde-le, mais viens-t'en, on va aller se coucher, t'es complètement soûl, et moi aussi.

— Moi je dors ici, sur ma poutrelle.

— Viens.

— Va chier. »

Je l'ai saisi par une jambe pour l'arracher de force à la carcasse du pont de fer, mais de son pied libre il m'a flanqué un coup de talon en plein visage et j'ai failli tomber à la renverse dans la rivière, puis, comme je m'apprêtais à revenir à la charge, le pont tout entier s'est mis à tonner et à trépider.

« Un train ! Un train ! gueulait mon frère. Waouh ! Un train ! »

Les rugissements de l'engin se sont intensifiés et soudain une ombre fantastique nous a survolés. Le train de marchandises passait à une douzaine de pieds au-dessus de nos têtes, dans un vacarme assourdissant, et la structure branlait de toutes parts. Les rails ployaient en gémissant sous les tonnes d'acier, les heurts cadencés des roues tordaient les traverses, de la poussière et des araignées nous tombaient dans les cheveux.

C'est alors que mon frère a profité de ce fracas pour tirer deux coups de feu dans l'eau.

« T'as vu ! En plein dans le gros poisson mort !

— T'es malade, christ ! T'es complètement débile ! »

Le dernier wagon s'est éloigné en cahotant, les vibrations ont faibli, puis le bruit a diminué et s'est éteint au loin. Quant à moi, je devais avoir le visage cramoisi.

« Si tu rentres pas à la maison tout de suite avec moi, je vais chercher la police ! »

Cette menace a fait réfléchir longuement mon frère, qui m'a ensuite proposé un marché : il voulait bien me remettre l'arme à feu, mais en échange je le laisserais dormir là, dans le treillis, au-dessus de la rivière. C'était sans doute tout ce que je pouvais obtenir de lui et j'ai accepté sa proposition. Sans attendre j'ai allongé le bras vers le revolver qu'il me tendait et je l'ai pris par la crosse en tremblant. Lisse, froide et dure, horriblement minérale, cette arme à feu pesait lourd à mon poing et j'avais l'impression d'avoir saisi la main décharnée de la mort, mais j'étais soulagé de l'avoir ôtée des mains de mon frère. Ensuite j'ai coincé le revolver entre ma ceinture et la taille de mon jean, l'ai dissimulé sous ma chemise flottante, puis j'ai dit à Alain de faire bien attention à lui et j'ai escaladé le treillis.

De retour sur la passerelle, je me suis accoudé un instant à la rambarde pour m'oxygéner dans la désolation de l'aurore, sous des trombes de corneilles. L'estomac barbouillé, je voyais tout tourner, et les premiers rayons d'un soleil plein d'amertume ont percé l'épaisse canopée bouffante de l'île aux Fesses. Une odeur écœurante de vase refluait de la rivière qui s'irisait d'arcs-en-ciel de gazoline, la rivière couverte d'étranges sillons, comme si elle gardait en mémoire des blessures secrètes, les griffures des noyés, tandis que ses remous ressassaient les nostalgies de l'humanité.

Penché au-dessus du vide, j'ai fait de pénibles efforts pour vomir, mais rien ne m'est sorti des entrailles et j'ai tout ravalé. Finalement je suis parti en titubant sous les cris hystériques des goélands et parmi des voltigements de soies accrochées au faible souffle du vent, qui flottaient en désordre dans l'atmosphère tiédasse et sucrée à la cire chaude des chandelles.

« Des espoirs d'arbre, pensais-je, des millions d'espoirs déçus… »

Aucun arbre ne pousse plus de cette façon, d'une graine perdue, amarrée à son aigrette, allant éclore par miracle dans les pâturages. La nature est devenue obsolète, pensais-je, comme tant de gens, comme tant de dieux.

* * *

Quelques heures plus tard, le téléphone sonnait chez nous, je l'ai entendu vaguement dans l'épaisseur de mon sommeil d'ivrogne. Des cris et des pleurs ont résonné ensuite à travers le plancher, sur ma tête, et m'ont déchiré de part en part. J'ai compris des mots, des phrases, puis, dans une fulguration douloureuse qui me laisserait seul et détruit, j'ai su qu'on avait retrouvé mon frère pendu par le cou à sa ceinture de cuir, dans le treillis du pont ferroviaire. Des gens, de la rive, avaient remarqué le corps qui oscillait dans le vent, dans la lumière entre le pont et la surface de la rivière, le pantalon descendu aux chevilles, en proie aux oiseaux charognards.

* * *

Le surlendemain, tout hébétés et incrédules, nous nous recueillions sur le corps de mon frère au funérarium. Le cercueil de pruche trônait sur son catafalque, au fond d'une pièce ombreuse, enfoui parmi des avalanches de fleurs et des couronnes aux inscriptions funèbres. Tous les membres de notre famille étaient présents, oncles, tantes, cousins et cousines, plus tous nos voisins, et des dizaines d'amis de l'école polyvalente, quelques professeurs, des collègues de la confiserie Laura Secord, tous réunis dans un concert de pleurs et de lamentations autour de la caisse où gisait la carcasse lessivée, pauvre momie au visage plâtreux et aux veines gorgées de formaldéhyde.

Les lèvres scellées, les sourcils figés dans un froncement orgueilleux, la moue dédaigneuse et les cheveux pommadés, mon frère très chic et très sérieux avait l'air d'un jeune banquier. Il ne ressemblait en rien à l'être perturbé qu'il avait incarné, ce qui soulageait quelque peu mes grands-parents qui trouvaient leur petit-fils «bien arrangé», avec sa cravate et son veston. Quant à mes parents, ils étaient consternés, écrasés d'affliction. On les soutenait, les embrassait, les étourdissait de pauvres formules controuvées. Moi, debout près de la dépouille, je pensais : « Mettre une cravate à un pendu, c'est épouvantable… » Puis je me suis demandé ce que ces vandales d'embaumeurs avaient fait du sang pur de mon frère.

Belliqueux et vengeur, je me croyais bien brave devant l'horreur de l'éternité, mais des larmes m'ont obscurci les yeux. Je revivais en boucle nos dernières heures, repassais toutes nos paroles et tentais de les arracher à ce temps atrocement ralenti où nous nous étions perdus à jamais, mais les derniers mots d'Alain m'échappaient, ainsi que l'expression de son ultime visage, et je m'en voulais de l'avoir quitté si vite, si négligemment, sans un dernier regard, sans un adieu.

Par ailleurs, des souvenirs que j'avais crus oubliés remontaient du fond de ma conscience obscurcie, du plus loin derrière mes yeux, comme ce jour de septembre où Alain peut avoir quatorze ans. Par la fenêtre de ma chambre, je l'aperçois sous la pluie, au fond du jardin. Il égrappe en cachette des baies toxiques dans les vignes de Judée et il les fait bouillir sur un feu de brindilles. Ensuite il coule la mixture à travers une chaussette et la transvase dans un flacon sur lequel il peindra plus tard un petit crâne osseux et deux tibias entrecroisés. Quand le soir je lui dis que je l'ai vu faire, il jure qu'il me tuera si j'en parle à nos parents, mais mon silence a un prix et ce prix c'est la vérité. Ne pouvant se dérober, mon frère m'avoue qu'il en est désormais à un point de la vie où il lui faut du poison, au cas où il voudrait interrompre brusquement cette folie, d'une simple gorgée.

« Pierre ! Oh ! Pierre ! Pierre ! »

La pauvre Maryse éperdue s'est jetée dans mes bras, en larmes, la figure décomposée, les jambes flageolantes et les mains incontrôlables. Des gens m'ont aidé à la faire asseoir dans un coin du funérarium, puis je l'ai serrée dans mes bras et lui ai coulé doucement à l'oreille qu'il est bon de souffrir, que la souffrance sacre le défunt et éternise son souvenir.

Plus tard, aux funérailles, un chœur a préludé par des psaumes de pénitence.

Les cieux sont l'ouvrage de tes mains ;
eux périssent, toi tu restes,
tous comme un vêtement ils s'usent,
comme un habit qu'on change, tu les changes ;
mais toi, le même, sans fin sont tes années…

On se levait, on s'agenouillait, on s'assoyait ; on se relevait, on s'agenouillait encore et on se rassoyait. Les âmes restantes vibraient rythmiquement, ensorcelées par les mélopées, par les oscillations de l'encensoir du clerc thuriféraire et les coups de goupillon du curé vêtu de pourpre.

Soudain j'ai dix ans et demi et Alain, douze. Nous célébrons Pâques en famille, nos quatre grands-parents sont attablés avec nous. Pendant le souper, Alain dit :

« Jésus naît toujours le 25 décembre, mais il meurt jamais à la même date, et je me demande pourquoi Pâques tombe pas le même jour d'une année à l'autre. »

Personne ne connaît la réponse à cette interrogation, mais Alain, tenace, demande :

« Dix ans avant Jésus-Christ, est-ce que les gens se croyaient en l'an 10 avant Jésus-Christ ? Et pourquoi les catholiques, les juifs et les protestants ont pas la même Bible ? Puis à la messe on dit que Jésus est ressuscité le troisième jour, mais, s'il est mort le Vendredi saint et ressuscité le dimanche de Pâques, ça fait deux jours, pas trois, non ? Et si le vin est vraiment le sang du Christ, pourquoi c'est du vin blanc ? »

Étourdis par ce questionneur qui raisonne à perte de vue, nos parents et grands-parents tâchent d'orienter la discussion sur des sujets plus faciles, mais les jours suivants Alain se plonge dans toutes sortes de livres à la bibliothèque municipale et un soir il m'apprend tout : Noël est une ancienne fête païenne de la lumière, une fête solaire, fixe, alors que Pâques est une fête lunaire célébrée le premier dimanche de la première pleine lune suivant l'équinoxe du printemps, soit le 22 mars au plus tôt ou le 25 avril au plus tard. À la naissance du Christ, en Palestine, on était en l'An de Rome 754. Le canon de la Bible catholique fut fixé en 1546 par Paul III et le concile de Trente. C'est le moine Denys le Petit qui eut l'idée, cinq cent trente-deux ans après la naissance de Jésus, de recommencer le comptage des années à partir de l'an 1 de l'ère chrétienne. Le Christ serait mort un jeudi, avant la Pâque juive du quatorzième jour de la lunaison de Nissan, et l'idée suivant laquelle il aurait passé trois jours dans le sépulcre est calquée sur la parabole du prophète Jonas englouti par un poisson et rendu au rivage après trois jours, pour lier de force la Passion à l'Ancien Testament et laisser croire aux lointaines annonces du Messie. Et puis l'Église catholique utilise le vin blanc parce que le vin rouge tache les linges liturgiques sacrés.

Je me souviens des jours d'autrefois,
je me redis toutes tes œuvres,
sur l'ouvrage de tes mains je médite ;
je tends les mains vers toi,
mon âme est une terre assoiffée de toi…

Le cœur chagrin, nous mâchonnions des prières, mais ces chants funèbres ne s'élevaient pas plus haut que la flamme des cierges, et dehors il n'y avait plus que la dévastation, pensais-je, que des dépouilles d'hommes tourmentés pendues à des clous comme des oripeaux.

Assise près de moi sur le banc de la chapelle, ma mère a de nouveau éclaté en sanglots. Je l'ai serrée contre moi en disant : je suis là, je suis là.

Soudain, c'est l'hiver. Dehors, mon frère et moi traversons des champs plantés de hautes herbes sèches comme des touffes de cheveux morts. Nous observons les moineaux qui sautillent sur la neige et qui s'envolent à notre approche pour disparaître par-delà les toits enneigés, dans la fumée des cheminées, et nous songeons aux morts qui nous fuient de même manière, farouches et insaisissables comme ces oiseaux. Ensuite, nous nous allongeons dans la neige, rêvant que nous mourons de froid au Groenland, et toute la solitude de l'univers pénètre nos corps engourdis, mais une voix providentielle déchire l'air coupant de l'hiver pour nous ramener à la vie — la voix de notre mère sanglée dans son tablier fleuri, un pied sur le perron glacé et l'autre dans la maison chaude, la bouche soufflant des gerbes de buée : « Les garçons ! La soupe est prête ! » Les joues mangées de froid, le bout des doigts picoté par l'onglée, nous ressuscitons brusquement pour aller partager un humble repas avec notre mère. Quel besoin avions-nous de la foi, le midi, en ce temps-là, puisque nous avions notre mère tout à nous, dans cette cuisine où la lumière baignait doucement nos yeux ? Le midi, la vie n'était pas ailleurs, mais juste là, autour de nous, à la portée immédiate de la main, et nous n'avions plus envie d'aller à l'école pour mémoriser le nom des fleuves et des montagnes, pour ânonner sans les comprendre les versets de la Bible et les alexandrins de La Fontaine qu'on nous serinait, pour graver dans notre mémoire les dates de toutes les guerres. Hélas l'heure sonnait et nous poussions de gros soupirs.

Un jour, Alain dit à notre mère : « J'aimerais ça rester ici, tout le temps, tout seul avec toi.

— Oh non ! Tu vas aller à l'école avec ton frère, toi, sinon tu vas finir dans les ruelles avec les vagabonds. »

À ces mots nous allons enfiler nos tuques de laine à pompons rouges, nos manteaux élimés, nos bottes de loup-marin aux ganses flottantes et nos mitaines rapiécées, puis, une sempiternelle goutte de morve nous pendillant au nez comme une cédille, nous repartons pour l'école avec notre mélancolie au cœur et un fruit fané d'hiver dans la poche.

Fais que j'entende au matin ton amour,
car je compte sur toi;
fais que je sache la route à suivre,
car vers toi j'élève mon âme…

Après la communion, Maryse s'est avancée vers l'autel pour faire le panégyrique de mon frère. Elle a lu un poème macabre qui a redoublé la tristesse des éplorés, qui parlait de « cris lancés vers personne » et de « l'éternel vide en moi ». C'était pénible, larmoyant, pompeux, emmiellé, mais quand j'ai croisé Maryse, plus tard, je l'ai assurée que son intervention avait été émouvante et magnifique.

À l'épilogue, le sacristain a sonné le glas et le chœur a entonné le chant des fins dernières.

Des profondeurs je crie vers toi, Seigneur,
si tu retiens les fautes, qui subsistera ?...

Voilà comment j'ai enterré mon frère dans mon cœur coupable, moi qui n'avais pas su chasser toutes ces idées de l'autre monde qui lui causaient tant de mal. D'un geste secret de l'esprit, j'ai béni de mon sang et de mes larmes le cercueil qui est passé devant moi avant de disparaître dans l'aveuglante lumière du jour.

La cérémonie terminée, autour des viandes froides et des sandwichs aux œufs, on remerciait le curé de son beau service funèbre, pendant que ma pauvre grand-mère bouleversée tournaillait partout en répétant : « Au moins, Alain est mort sur le coup..., il n'a pas souffert..., au moins il n'a pas souffert..., pas souffert... » Et il aurait fallu en rendre grâce à sainte Barbe, patronne de la mort heureuse.

Le soir de ce jour-là, je me suis barricadé dans ma chambre et enfoui sous mes draps en me disant : tout seul dans le noir, on se sent moins seul, parce qu'on ne voit pas qu'il n'y a personne d'autre.

***

Aujourd'hui même, un an s'est évanoui depuis la pendaison de mon frère et vers minuit je suis allé tenir compagnie à Maryse chez elle. En cette triste nuit anniversaire, ses parents étaient sortis et elle avait peur toute seule dans cette vaste maison pleine de fantômes, elle pleurait et ne cessait de parler de mon frère.

Au commencement je n'osais bouger le petit doigt, je regardais Maryse sangloter et ne pensais qu'à m'enfuir, mais peu à peu je me suis rapproché d'elle pour la consoler. Je l'ai enlacée, elle a posé la tête sur mon épaule et a fini par se calmer un peu. Le cou poissé de ses larmes et de sa morve, je lui murmurais à l'oreille : je suis là, je suis là. J'ai effleuré ses cheveux d'un baiser et elle a tourné la tête. Ses lèvres touchaient presque les miennes, nous nous regardions dans les yeux, je lui caressais la joue, puis nous nous sommes embrassés sur la bouche, d'abord doucement, des frôlements pudiques, et bientôt nos langues se sont emmêlées passionnément. Ensuite je ne sais plus, tout a dérapé, tout allait trop vite pour ma petite caboche, mes doigts ouvraient nerveusement son chemisier, j'avais le bouton durci d'un sein entre les dents, je lui pétrissais les fesses par-dessus ses vêtements, puis son pantalon est tombé, le mien aussi, ensuite elle m'a attrapé dans sa bouche, et soudain elle cintrait les lombes et j'enchâssais mes hanches dans la béance de ses cuisses, je poussais lentement mon sexe à travers les voiles de son sexe glissant. Je n'ai pas tenu la route très longtemps, vingt secondes peut-être, et puis l'homme a jailli de moi. Sur le coup j'ai été violemment ébloui, puis je me suis effondré, l'haleine suspendue, comme drogué, aveugle et sublimé dans la nuit. J'ai flotté parmi des songes et des parfums, j'étais moi-même songes, parfums et hallucinations. Le visage niché entre les seins tremblants de Maryse, je sentais palpiter son cœur entre ses côtes et je dérivais dans une espèce de clarté bleue, traversée par des zébrures jaunâtres, enivré de sensations lumineuses. Dans les éclairs de chaleur des phosphènes j'avais enfin retrouvé mon frère, j'étais devenu lui-même, mon idole, et lui vivait, ressuscité, dans l'agitation de mon sang, au cœur de ma chair et de mes muscles. Son essence me sanctifiait et coulait de mon sexe larmoyant, relâché, blotti tout contre la chatte mouillée de Maryse. Je n'étais plus que semence, la semence vive de mon frère dans la brûlure d'une jeune femme.

C'est seulement alors que Maryse a poussé une exclamation à la vue du nombre tatoué sur mon avant-bras gauche, les sept chiffres formant la date de la mort de mon frère.

***

Je suis de retour chez moi, dans ma chambre, en pleine nuit, avili et déshonoré, si méprisable que je pourrais m'émasculer à la hache, mais après avoir tourné et retourné le Smith and Wesson devant mes yeux j'ai glissé le canon froid dans ma bouche desséchée. Cette arme à feu au goût abominable distille une âcreté de sang frais, de métal et de foie cru, et ma main tremble beaucoup. Le revolver claque contre mes dents et je perçois les battements de mon cœur jusque dans mes doigts crispés sur la crosse. Assis de guingois sur le bord du lit, l'index sur la détente, une cartouche en position de percussion, je respire fort et l'air aspiré à travers le canon et les alvéoles du barillet dépose dans mes poumons des émanations de poudre. Les yeux étroitement clos, le menton gluant de salive, j'anticipe la violence inouïe du coup de feu et je vois mon cerveau jaillir en bouillie par l'arrière du crâne explosé, se répandre sur les murs et dégoutter du plafond ; je vois mon corps désarticulé dans les débris d'os, à la renverse dans les draps pleins de sang et de cheveux arrachés.

Si mon frère n'a pas souffert, je souffre pour deux, je souffre pour l'éternité, et l'heure est venue de payer la profanation de sa mémoire et le baptême de la semence.

Vaisseau négrier

Savais-tu, mon fils, qu'un jour d'autrefois le roi de Pologne et Charles de Lorraine vainquirent les Ottomans à la bataille du Kahlenberg, ce qui nous vaut l'honneur de ces viennoiseries : les croissants du petit déjeuner ? Ô grand vizir, Kara Mustapha, ton nom battu rime avec 1683, l'an de grâce de ta déroute. Ce chaos fut sans doute calligraphié dans les astres — de droite à gauche —, en arabesques couleur de braise, tissant d'étoile en étoile des poésies apocalyptiques, mais les vérités trop cruelles sont illisibles. Ô cavaliers de l'empire émietté, environnés de la bergamote et du santal de vos parfums de Chypre, pauvres riens cernés d'oubli, tout est fini maintenant ; dormez dans le silence de votre sang et la blancheur de vos ossements, reposez-vous dans nos mémoires sélectives ; rêvez de miel et de café, de votre génome safrané dans l'œuf infidèle, vous n'êtes plus que des éphémérides dans nos almanachs.

La sultane criait famine
en syriaque
cependant que
au zénith d'une priapée
je trempais mon biscuit
dans l'Occident aux flaveurs lupulines.

Depuis lors, j'interroge le passé et je compulse les ouvrages de Foucher de Chartres et de Guibert de Nogent ; aussi, mon fils, suis-je sur le point de nous dénicher un ancêtre dans une armée de la première croisade, parmi les chevaliers de Robert de Normandie qui, avant de reprendre Jérusalem aux Seldjoukides, avaient dispersé les troupes de l'émir de Mossoul et découvert la Sainte-Lance — celle qui perça le flanc du Christ au Golgotha et qui nous appartiendrait en droit. Imagine un peu l'ustensile au-dessus de ta cheminée, sur la peau d'ours polaire !

Autrement, comment vas-tu ? Moi, je file un si mauvais coton que j'ai recousu un bouton en écoutant le *Quatuor pour la fin des temps*. On se serait cru dans un stalag en Silésie, mais je ne perds plus mes culottes. Et maintenant je sirote tant bien que mal un café de Harar tout en épluchant le journal. Hélas, les nouvelles sont mauvaises et j'ai du sang sur les doigts. On observe, paraît-il, des mouvements de troupes aux frontières de l'Éthiopie et de l'Érythrée. Du coup, le café passe de travers : ces grains dans mon moulin, hannetons calcinés à feu nu, ont mûri dans des montagnes en guerre où jadis Rimbaud alla attraper un cancer au genou après une balle au poignet et une drupe dans la tirelire.

... pauvres morts ! dans l'été,
dans l'herbe, dans ta joie,
Nature ! Ô toi qui fis ces hommes saintement !...

Les Laurentides sont blanches aujourd'hui, serait-ce la terreur ? Qui se souvient que les Winnebago sont des Indiens ? Et qui donc a oublié sa kalachnikov sur le drapeau du Mozambique ? Il paraît qu'on peut peser les étoiles avec la troisième loi de Kepler et que l'amour triomphe de tout — *Omnia vincit amor*, mais ce n'est pas moi qui le dis, c'est Virgile, dans ses *Églogues*. Et, plus haut que Virgile, s'il se peut, tout là-haut, le firmament est vissé sur le monde comme un couvercle de poudreuse à sucre — pour nous praliner le Pentateuque et les prophètes du Levant. C'est là que jadis Josué a arrêté le Soleil et la Lune dans leur course lors d'une autre bataille célèbre, la bataille de Gabaon, preuve que le Soleil tourne autour de la Terre. Cela dit, Descartes n'était guère mieux : à ses yeux, l'âme siégeait dans la glande pinéale.

Âme des ciels de pain brûlé
Linceul des aveugles
et placenta de la Terre sanglante
Des enfants naquirent de ta folie d'un dieu unique
Mais combien de peuples en périront ?

À la pharmacie, j'ai ramassé un prospectus de l'Univers-Cité Eloah-Shaddaï où l'angéologue Anaëlle-Kaya promet d'éveiller la synchronicité des malades, de régénérer leur karma — le fruit négatif des actes — et de réactiver leurs soixante-douze essences avec l'aide de l'ange Vehuhiah et d'Anubis, le Seigneur de la Loi cosmique secondé par ses quarante-deux juges. Il s'agit bien sûr de vaincre Havohej, le Prince du Mal dissimulé dans le manteau d'ammoniac de Ganymède. L'instant d'après j'avais l'angéologue au bout du fil, qui m'a d'emblée tout étourdi. Dans sa bouche il était question de la semence christonique — sécrétion des glandes sexuelles et matière première de la Création — et de l'Âme universelle dont les hommes emmagasinent l'énergie dans le plexus solaire. Et puis l'angéologue se mêle de diagnostiquer les maladies par télesthésie, vautrée dans son ectoplasme, mais je suis bien tombé : Anaëlle-Kaya a reçu la bénédiction il y a un demi-siècle dans un darshan de gourous issus de lignées pures et elle a fait l'expérience de la lumière fulgurante du rasoir spirituel de Jiddu Krishnamurti. Pendant que la guérisseuse accomplissait des passes magnétiques au-dessus de mon aura via le réseau commuté, ses incantations résonnaient dans l'écouteur en oms caverneux, syllabe originelle et redondante du mantra-semence, et, par intervalles, de soi-disant esprits de lumière se hasardaient à entrer en moi comme le souffle naturel de l'infini, ce qui expliquait sans doute mes accès de météorisme, puis l'angéologue a dit :

« Il faut se poursuivre soi-même au-dedans de soi, en dessous de toute manifestation périphérique du je. Là se terre la maladie. »

J'écoutais sa voix tout en scrutant sa photo sur le prospectus et je m'étais persuadé d'avoir affaire à une vieille protolesbienne ou à une de ces écoféministes qui se fourrent dans le caleçon une poignée de sphaigne pour éponger leurs menstrues. Quelques instants plus tard, elle a posé le diagnostic : mon sushumna est bloqué à la hauteur du lotus de la couronne aux mille pétales et le prana ne s'écoule plus dans les canaux de mes nadis. Heureusement, le mal se soigne par un traitement intensif à la spiruline, moyennant la bagatelle de trois cents dollars. Ça semble cher pour des algues, mais elles proviennent d'un lac sans fond, le lac de cratère d'un volcan du Japon. Avec ces sortes de varechs fétides, si je ne guéris pas, c'est bien parce que je ne le veux pas.

Je suis certes une bonne poire, mais je raccroche le combiné sur la fourche sans passer de commande, laissant l'angéologue accomplir sans moi son beau destin végétal au rang du chou-fleur ou du navet, et je me mets aussitôt au régime eschatologique occidental. Pour ce faire, je gobe des granules contre le mal sacré — sédatif, hypnotique et anticonvulsif, raconte la monographie, et j'aime cette histoire qui finit bien. D'ailleurs me voici vertigineux, les jambes en flanelle, la cervelle en purée. Les convulsions viscérales un rien ralenties par l'anxiolytique, je vais peut-être me mettre à articuler des aphorismes publiables, qui sait ? Ou un évangile selon saint Glinglin. Les benzodiazépines induisent-elles à la poésie médicamenteuse les sujets pharmacodépendants ?

Ô moi, oh la la,
J'ai beaucoup d'entrejambe
Mais la fente palatine
Dans la bouche de Dieu
Qui la veut ?
Les pauvres meurent si jeunes
Qu'on dirait
Des serments amoureux
Et toi ma promesse
Ô mon ivrognesse
En quelles neiges t'aimai-je
Eus-je froid
Dans l'électrum de tes mensonges
Dans le jaspe sanguin de tes lèvres béantes
Ô poupée sanglante et vaine...
Etc.

Vive l'abjecte médecine occidentale pharmacochimique et phallocrate ! Ses antalgiques morphiniques favorisent l'épanouissement des vers libres et la survie statistique des symbolistes, ça crève les yeux. Avec cela, beaucoup me croient poète pour la simple raison, franchement excessive, que je compose des poësies — j'aime à écrire *poësie*, comme *canoë*, c'est plein d'allant…

Mais je ne fais que pisser du Rimbaud,
du Baudelaire
Du Miron, du Neruda et de l'Anne Hébert.

J'ai beau écrire *encor* au lieu d'*encore*, je vomis mes émois à mesure que je versifie et tôt ou tard je fais l'holocauste de mes pages. Je me laisse fasciner par le feu qui crispe le papier et alors j'aime ma honte, cette flamme purificatrice sans pareille. Au final, toutes mes poësies sont magnifiées par la destruction, plus belles pour n'avoir jamais été lues, puis, après avoir dispersé les cendres sans cérémonie, je retrouve la pureté du silence où mûrissent les pensées — mais où je me corromps si pâle, si anémique. Sentant mon espérance s'étioler dans l'attente immobile, je me demande : si je mangeais du jambon, les sulfites me jetteraient-ils un peu de vermillon aux joues ? Ce n'est pas contre-indiqué, mais il faut en faire du hachis, à l'exemple de la vie, de la vie avec moi. Yeux chassieux, langue chargée, haleine pestilentielle, bordel ! J'ai déjà eu meilleure mine. J'ai failli être quelqu'un, on a tendance à l'oublier. Oh, il neige, eh bien ça alors. Dieu le veut : il n'est pas ici ; il dévore les couleurs des rideaux, les yeux de ceux qui le cherchent. Tout d'un coup, ma fenêtre est un tableau de Seurat. La magie opère et les chats ont l'air heureux, les pauvres. Ils admirent les spirales de feuilles mortes sur le balcon. Peut-être en éprouvent-ils des intuitions mathématiques, floues, accablantes, douloureusement métaphysiques et pleines de tourments anthropomorphes. Ainsi naît, peut-être, l'embryon des testaments et des pénibles sommes théologiques — dans un référentiel darwinien, quand même, on ne peut pas échapper à son destin, sinon, où irions-nous ? De ce fait, l'Histoire a lieu : l'homme finit par descendre du singe, puis il perd pied et tombe amoureux. Si l'Éternel est son berger, je ne donne pas cher de sa peau de bête à laine. Et, si l'homosexualité est dans l'hypothalamus, je loge à quelle enseigne, moi ? Qui suis-je dans l'entre-temps ? Je suis peut-être le chaînon manquant au cerveau reptilien ; sinon, je suis l'australopithèque disposant de l'outil et j'aurais pu construire quelque chose comme un monde meilleur. Hélas, on ne peut pas toujours être intelligent, c'est mathématique, et j'allume peut-être trop souvent le téléviseur, mais c'est parfois un mal pour un bien. Par exemple, chaque fois que dans les films d'archives de la guerre on voit une messe sur un porte-avions ou un révérend qui bénit les B-52 qui s'en vont larguer sur Tokyo leurs tonnes de bombes au napalm, j'éclate de rire.

Par ailleurs, j'ai lu que, à Hiroshima, après l'explosion de la bombe nucléaire, sur la poitrine d'une femme dénudée les brûlures avaient décalqué les fleurs du kimono désintégré. Est-ce de la poësie ou de la prose ? La quintessence séminale du haïku ou l'orgie pourpre du seppuku ? Des êtres cloqués aux lèvres purulentes, aveuglés par l'éclair de dix mille soleils, vaguaient parmi les décombres fumants et radioactifs, les orbites vides, les yeux fondus leur fluant sur les joues comme du blanc d'œuf, la peau se détachant des mains comme des gants lacérés, toutes les cellules de leur corps hachées par des tempêtes de protons et de rayons gamma tombées par la fente palatine du Maître de l'Aride. Ensuite, par représailles, les enfants nippons détraqués, nauséeux, atomisés, confectionnèrent de petites montgolfières en papier de riz laqué, chargées de bonbons explosifs contaminés par des bacilles pathogènes, qu'on envoya vers l'Amérique par la stratosphère.

Le jour de leur supplice,
les puissants,
maîtres de l'aride,
tomberont devant les justes et ne se relèveront pas !

Il fuse de la Bible éthiopienne, cet anathème, et la boucle est bouclée : on revient au café de l'homme aux semelles de vent. C'est la preuve que rien ne change beaucoup. Le temps est invariant et nous nous engluons comme des taons dans nos repères orthonormés, platement galiléens. Les faibles se raccrochent aux débris des miracles casuels et chemin faisant je chante *Qu'êtes-vous devenues, mes femmes ?* ou je lis *Les Entretiens de Nuremberg.* J'en retiens que, au fond, Hermann Göring était un humaniste — la preuve : en 1934, il promulgua une loi contre la vivisection. Il paraît que l'haleine des Juifs à l'agonie dans les chambres à gaz dégageait une odeur d'amande. Ça devait rappeler leur enfance aux bourreaux, les confiseries, le massepain, les petits cochons porte-bonheur en nougat ; ça ne devait pas leur être totalement désagréable. Et sache, mon fils, que les nazis exterminaient aussi les Tziganes, autrement dit des Roms, qui sont des Aryens, ô surprise, mais des Aryens infâmes dont on justifiait la destruction par le fait qu'ils avaient dégénéré la race par leur errance et leur pauvreté. Et puis, si les Allemands ont pu envahir la Pologne par l'ouest en septembre 1939, c'est parce que les Russes allaient l'envahir par l'est en vertu de clauses secrètes du pacte germano-soviétique de non-agression — mais on a tu ce fait à Nuremberg, puisque les Soviétiques siégeaient du côté des juges, vois-tu. Morale de l'Histoire : la sagesse des nations, c'est de savoir où poser culotte ; et tout est bon dans le cochon, même la queue en ventripotée ; mais tu ne feras pas cuire un chevreau dans le lait de sa mère, la Bible le défend.

Souvent, la nuit, après quelques rasades glacées de vodka, je me prends de fascination pour Pythagore. On le connaît pour son fameux théorème du carré de l'hypoténuse, mais il a aussi conçu des automates volants, des espèces de pigeons mécaniques, et puis, surtout, il a fondé une religion qui déclarait péché le fait de manger des haricots, et souvent ça m'obsède, cette idée-là. Ç'a sûrement quelque chose à voir avec les tabous primitifs, mais quoi ? C'est difficile de reconstituer la tournure d'esprit de ces hommes qui ont vécu il y a vingt-cinq siècles, mais je me demande si les haricots, peut-être par leur forme, ne seraient pas le symbole d'autre chose, un corps interdit ou sacré — peut-être une espèce d'homoncule ?... Comme tu vois, mon fils, j'aime à discuter le bout de gras, la nuit, avec mon reflet dans la vodka — la meilleure, aux herbes de bison, provient de la Biélorussie, on en trouve en Ontario et dans l'État de New York, et je pense à Dieu et au Diable qui sont comme cul et chemise, comme le prénom et le nom d'un seul et même individu : c'est ensemble qu'ils forment l'unité de la personnalité psychique. Et je pense aux hommes. Je me dis que l'organisation en apparence immanente de la société est une habitude de l'esprit entretenue par la somnolence de la sagacité ; et que le fatalisme des consciences lymphatiques n'est dû qu'à la pauvreté de notre expérience ou à notre inaptitude à imaginer des mondes transformés. Pourtant des individus surgissent sporadiquement des ténèbres pour nier notre notion intuitive de l'Histoire, du temps et du réel, par exemple mon père, ton grand-père, qui se blanchissait les dents à la cendre de cigare et boitait comme un mandrill, avec sa petite géode dans le col du fémur. Ça boite, un mandrill ? J'en ai vu un, une fois, en Guinée, dans un dépotoir ; il boitait comme papa. Ah, cher homme, il regardait ce que personne ne voit, le matin, au-dessus de son porridge, loin en soi-même, et remuait pensivement son café avec un abaisse-langue. Dire qu'on avait voulu en faire un prêtre, autrefois ! Habitué à considérer que dans chaque détail de la vie se jouait l'éternité, le pauvre garçon a dramatisé longtemps son incapacité à épouser la nature angélique qu'on lui avait promise au petit séminaire Saint-Joseph des Trois-Rivières. L'avantage recherché était de réduire au minimum les sentiments familiaux et d'éviter tout ce qui pouvait faire obstacle au consentement individuel, mais la greffe n'a pas pris et celui qui allait devenir mon père a montré les talons. Un corps, disait-il, c'est une symphonie d'organes et de glandes où l'âme est un couac ; et ses regards traversaient la morale et la métaphysique comme des rayons X, pénétraient tout Dieu d'un seul coup d'œil. Il fut donc un bon médecin, aussi excellent que possible. Sache, mon fils, que ton grand-père opéra gratis des Cambodgiens, des Soudanais, des Salvadoriens ; il enseigna la réduction des fractures, les sutures et drainages d'urgence et la cautérisation des plaies aux sandinistes. Il lut tout ce qu'on publia sur Norman Bethune et nous emmena visiter la maison natale du héros à Gravenhurst ; il pleura à la mort d'Allende ; si Lech Walesa s'était électrocuté, mon père serait allé lui sauver la vie. Il prônait l'imposition maximum des riches — donc de lui-même, je le souligne. Votait Parti québécois au provincial ; Nouveau Parti démocratique au fédéral. Il disait : les classes sociales n'existent pas, il n'y a qu'une interminable chaîne alimentaire. Mais il combattait la loi d'airain, lui. Alors que toi, sauf ton respect… Alors que moi…

Alors que moi, aujourd'hui, je brûle de vomir ces indécrottables demeurés qui osent me cracher à la figure que « la vie est belle ». Ces somnambules sont si faciles à éblouir et à faire bêler devant l'éternel ! Que leur foi empeste le folklore et le terroir ! La vie est horrible, absolument horrible, quand on a des yeux pour voir. Au mieux, elle est à peine supportable, et encore : parfois seulement. À l'âge médiocre où je suis péniblement parvenu, en me foulant le cœur à force d'aimer comme un pied, je peux maintenant dire tout haut ce que j'ai mis toute une vie à mijoter tout bas, et d'autant plus fatalement que je suis au bord de l'abîme : on n'avance pas mécaniquement vers les prophéties d'une vaste combinatoire occulte, mais on sécrète banalement de l'histoire finie dans son sillage, comme les limaces, à partir de rien, d'un peu de bave — et, si cette histoire nous terrifie, c'est que nous vivons mal ; et, si nous vivons mal, nous devons changer l'histoire. Qui le fera ? Certainement pas moi : je suis trop occupé à déchoir sans retour. Vivre, à mon sens, c'est être dans son tort, et seule la mort me lavera de moi-même. Mais je suis si bancal ; né à moitié, gousse avortée aux cosses naines, telle fut ma tragédie. Je n'ai été digne de vivre que durant mon enfance ; je ne me suis montré nulle part meilleur homme ; et maintenant j'exhibe à tous venants mon cheveu anémié et ma pauvre mine de déterré. En attendant les trompettes de l'apocalypse, je lis sans cesse et j'apprends des millions de choses qui ne servent à rien ni personne. Par exemple, mon fils, savais-tu que les sangsues ont deux cœurs et les pieuvres, trois ? Que les grenouilles ont un seul poumon et les éléphants, quatre genoux ? Que le chiffre neuf est une ancienne spirale arabe ? Que la pierre ponce est de la mousse de lave ? Que l'oursin déchiquette sa nourriture à l'aide de sa lanterne d'Aristote ? Que toutes les comètes proviennent du lointain nuage d'Oort ? Que le cœur de Chopin brûla à Varsovie durant la guerre ? Qu'il y a, dans les profondeurs de la terre, une auréole de craie du crétacé ? Eh bien, voilà, tu sais tout ça toi aussi, maintenant, tu te coucheras la tête moins creuse ce soir, et moi je boirai à mon anéantissement avec le fantôme d'Aldous Huxley, dans ce meilleur des mondes où Leibniz disait ne mépriser « presque rien », le bienheureux diable. Oublie-moi, mon fils, et lis Leibniz : tu vivras mieux. À ses yeux, un monde meilleur que le nôtre était impossible, ce qui devrait rassurer un maximum de maniacodépressifs. Son antithèse serait un type comme Schopenhauer, pour qui l'univers n'était qu'une poussée aveugle née de l'ennui. L'autre jour, un visiteur m'a surpris les yeux plongés dans *La Monadologie* et m'a demandé de quoi ça parle. J'ai répondu : ça ne parle pas ; ça pense. Ça pense quoi ? Que le vrai matérialisme ne réduit pas la pensée à la matière, comme le croient les incultes, mais qu'il ennoblit plutôt la matière en montrant qu'elle est pensante. D'ailleurs, il l'a bien dit, Leibniz : l'homme est un automate spirituel. Et, les monades, c'est l'unité de la matière et la variété dans l'unité, la volonté des atomes, la rage de vivre des entéléchies — ces énergies agissantes et efficaces. Leibniz disait que si l'on veut appeler *âme* tout ce qui a des perceptions et des appétits, toutes les substances simples peuvent être des âmes. Mais, comme le sentiment est plus qu'une perception, le nom d'entéléchies suffit aux substances simples et on doit appeler *âmes* seulement celles dont la perception est accompagnée de mémoire. Parce que, vois-tu, c'est la mémoire qui… Il faut dire que pour Leibniz l'espace était un système de relations, ce qu'Einstein a prouvé plus tard. On sait aujourd'hui que l'espace ne sépare pas les choses, mais les événements — me suis-tu ? Rien n'existe jamais et tout est en devenir, disait Héraclite, mais attention : il ne faut quand même pas chercher la lumière du jour dans les caves, Cicéron le savait bien.

J'ignore si tu as relevé l'épiphénomène, mon fils, mais je fais du *name dropping* jusqu'au fond des bouteilles pour impressionner l'infirmière volante à la blouse amidonnée et aux beaux yeux de faïence — Nabila est son petit nom —, qui un jour s'est délestée de tous ses tubes de rouge à lèvres pour embrasser l'islam et son prophète. Quand j'ai su que j'avais affaire à une mahométane, j'ai voulu nouer avec elle des connivences éthérées, histoire de m'assurer bassement les meilleurs soins possibles, et pour ce faire je lui ai sorti de mon chapeau des histoires pittoresques, des morceaux choisis :

« En 1948, à la fondation de l'État d'Israël, l'institution de la Cour suprême a été une renaissance du Sanhédrin après une éclipse de deux mille ans, et savez-vous de quoi la Cour a été saisie sur-le-champ ?

— …

— D'une demande de révision du procès de Jésus ! Mais des opposants ont riposté, accusant Jésus de pratique illégale de la médecine ! »

Je pensais naïvement qu'elle s'esclafferait, Nabila, mais son visage restait froid comme un marbre.

« Ce n'est pas pour être raciste, ai-je poursuivi perfidement, mais un beau samedi j'ai trouvé cinquante cents sur le parvis d'une synagogue. Je me suis dit que c'était mon jour de chance et je suis allé prendre un billet de loterie à l'épicerie. Eh bien, devinez quoi : j'ai gagné cinq mille piastres ! Mais rassurez-vous : j'ai reversé l'argent à l'hôpital Maimonide de Côte-Saint-Luc.

— J'ai bien peur que ça n'ait eu rien à voir avec la chance, m'a répliqué sèchement Nabila. De nombreux Juifs avaient certainement vu les pièces de monnaie par terre, mais comme c'était le jour du sabbat ils n'avaient pas le droit de se pencher pour les ramasser. Vous savez, le spirituel domine souvent le temporel, du moins chez les êtres de qualité… »

J'en suis resté bouche bée, le temps que des pensées cohérentes se déclenchent en moi, puis j'en ai conçu une admiration vorace pour cette musulmane toute menue qui avait à cœur de défendre le peuple élu, ma petite Nabila qui depuis lors, l'air recueilli, cherche partout mon petit pouls. Mon pouls comme le fil sur sa langue qui la fait zézayer : « Ze ne tutoie zamais perzonne. » Soit, nous nous vouvoyons, le collet monté dans le pluriel de majesté, mais j'ai quand même tenté un jour de l'émouvoir en lui versant dans l'oreille mes plus fines rêveries : « On a beau hurler son désespoir jusqu'à s'en ouvrir les veines en public, on finit toujours par se poisser de la petite atmosphère salopée que chacun promène sur soi comme un manteau de silence et de réclusion. » Ce à quoi elle m'a rétorqué sévèrement qu'on n'a pas le droit de souiller le monde sous prétexte qu'on a perdu tout espoir pour soi-même.

Elle m'enguirlande comme du poisson pourri, Nabila, et elle me saisit comme le froid par son intelligence adverse, mais au fond elle m'aime bien. D'ailleurs, pour me soulager quand je suis seul et que les omoplates me démangent, elle m'a offert un joli gratte-dos terminé par une main de Fatma qui protège du mauvais œil. Le plus beau, c'est que le gouvernement ne l'a pas obligée : ce fut un don de son cru et non pas un acte tarifé. L'humanisme est gratis, mon fils, sinon c'est du corporatisme. Je crois reconnaître là les fruits mûrs de la sagesse soufie et je médite là-dessus depuis lors, un verre défendu à la main, un verre à *old fashioned* rempli de vérité chatoyante. C'est dans le vide de la pensée que s'inscrit le mal, dixit Hannah Arendt, et je me demande s'il me reste assez de bitter pour me concocter un manhattan. Fin soûl, j'en arrive quasiment à oublier que ma disgrâce a commencé par le syndrome de Koenig ; autrement dit, et plus élégamment, par une débâcle diarrhéique fétide. Ces pensées me glacent le sang, puis je m'ébroue comme un chien enragé et j'écris maladivement dans l'ombre pour sublimer mes instincts d'agression et préparer le terrain — nous jouissons d'un louage emphytéotique au cimetière Saint-Vincent-de-Paul, ne l'oublie pas, ne te laisse pas rouler dans la farine par les croquemorts. Derrière le désastre de mon visage, je poétise ma dégénérescence et l'encre coule si abondamment que c'en est une hémorragie, et peu à peu j'éradique toute vie de mes alentours intoxiqués.

« Croyez-moi, monzieur Roy, il y a plus de gens zheureux que vous l'imazinez, même chez les grands malades.

— Grâce au ciel, Nabila, et qu'Allah vous bénisse jusqu'à la centième génération, mais vous devriez m'en présenter deux ou trois, de vos gens heureux, j'ai tellement besoin d'aide… »

Ma réponse a désarçonné ma chère petite infirmière volante, je l'ai deviné au lointain, dans l'abîme de son visage ombré de khôl, sous la glaçure de son œil clairvoyant. Oui, elle l'a senti passer, mon appel de détresse, et j'ai l'impression que mon image d'homme inapprochable s'en est trouvée comme tranchée au couteau, à tel point que Nabila fera sans doute parachuter à mon chevet une psychologue volante du CLSC, sûrement la néo-reichienne à la poitrine inexistante et au drôle de nez en haricot de Lima. Celle-là ! Elle va encore discourir sur ma cuirasse tissulaire et mon psychopéristaltisme déficient — sur mon incapacité organique à digérer et à réguler les émotions. À son ton onctueux, je devine que son âme grandit au contact des cancéreux en phase terminale, tel l'asticot sur son tas de fumier, et qu'elle me prend pour un de ces attardés qui engueulent leurs oreillers par contumace et pleurent d'émotion le jour de leur quarantième anniversaire. Enfin, c'est la vie pénible des malades, il faut tout endurer, jusqu'aux fables des plus navrants mythomanes, mais j'espère qu'il me reste des biscuits Social Thé pour faire bon visage à la néo-reichienne biodynamique. Je suis civilisé, qu'on se le dise, mais attention, il y a des limites à tout : si elle insiste pour triturer mes pitoyables viscères afin de réveiller l'énergie tellurique du lieu et d'exprimer la sérotonine de mon cerveau intestinal, je lui ferai connaître le contact le plus archaïque avec le trauma : une paire de baffes dans les dents.

Et c'est alors que ma chère petite infirmière volante, Nabila aux ressources inépuisables, m'a proposé de me montrer à un théologien de sa race, un certain Ayoud Kannout, un uléma qui a vu et touché à Hébron la selle du chameau d'Abraham, qui a été initié au zikhr chez les derviches d'Istanbul par Cheikh Nazim al-Haqqani, le quarantième maillon de la chaîne dorée de la Naqshbandia qui remonte jusqu'au prophète des sables, Mahomet lui-même, ce qui permettrait à l'uléma de me sauver, si j'ai bien compris la théorie. J'ai dit que, sauf leur respect, je ne peux faire confiance à des types qui jugent convenablement islamique la barbiche du Colonel Sanders du Kentucky Fried Chicken à Peshawar ou qui voient Satan dans le cul des cochons.

« Comment ? a fait Nabila. Qui fait quoi où ?

— Vous autres, les musulmans, au Pakistan. Vous avez soustrait le Colonel Sanders à l'iconoclasme, c'était dans le journal. Et puis vous refusez de manger du porc à cause de ses pattes fourchues, non ? »

Nabila a bien ri des inepties des fondamentalistes de Peshawar, mais d'un autre côté elle m'a assuré que je me méprends sur la doctrine : à vrai dire, l'islam interdit aux musulmans de manger du porc parce que c'est le seul animal qui n'a pas le courage de se battre pour garder sa femelle. À ces mots, je me suis senti visé, et pour faire diversion à ces assertions j'ai demandé à mon infirmière volante si elle avait faim, auquel cas j'avais des croissants, puis je me suis enquis si elle connaissait Pierre le Vénérable, cet abbé de Cluny qui avait fait traduire le Coran pour mieux le réfuter. Nabila a flairé le piège et une nuance d'ironie lui a tordu la bouche : « Où voulez-vous en venir, monzieur Roy ?

— Nulle part, mais depuis que nous nous connaissons je me cultive et j'ai lu que Mahomet a découvert la Bible grâce à un moine syrien et qu'il en a traduit des passages pour voler aux chrétiens leur livre saint. »

Là-dessus, je lui ai fait comparer le verset 4 du psaume 90 de la Bible — *Mille ans devant tes yeux sont comme le jour d'hier qui a passé* — et le verset 47 de la sourate 22 du Coran — *Un jour auprès d'Allah est comme mille années de celles que vous comptez.* Selon Nabila, cela ne prouve rien, contre toute apparence. Ce n'est sans doute qu'une locution propre aux peuples sémitiques, croit-elle, ou encore c'est le hasard, m'a-t-elle dit avec un sourire énigmatique et un aplomb qui me démonte. D'ailleurs, le hasard n'est-il pas le nombre de Dieu ? Nabila attendait impatiemment la suite, hélas je n'avais plus de munitions et me suis soudain senti trop fatigué pour aller plus loin.

« Mettons l'uléma au réfrigérateur, d'accord ? »

L'après-midi s'est désagrégé dans ma sieste, mon infirmière volante s'est envolée, et depuis lors les heures tournent stupidement sur ma tête.

Dans ces spirales affectives, des visages me visitent et je songe beaucoup à mes grands-parents maternels ces jours-ci. Mon cher papy disait que, si chacun pouvait devenir quelqu'un d'autre, nous serions tous le même, vu que chacun voudrait être beau, grand, fort et riche, mais qu'il faut se contenter d'être ce qu'on est pour perpétuer l'humanité, bâtarde par essence. Autrement dit, si on ne s'accepte pas tel qu'on est, on ne forniquera jamais — tel était l'enseignement plein de sagesse de mon papy. Et puis c'était un homme pieux. Même si on n'est qu'un trou-de-cul, disait-il, c'est quand même le trou-de-cul du bon Dieu. Pauvre papy : il avait un furoncle éternel qui lui bourgeonnait sur le nez comme une framboise; il avait les doigts comme tachés de pissenlits par la cigarette; il se levait à cinq heures du matin pour vomir de la pituite dans le lavabo, mais il s'en foutait et distillait en sifflotant des mélasses de betterave pour se fabriquer un rhum agricole qui décapait les tripes jusqu'au sang et brûlait les polypes précancéreux, croyait-il — et il avait raison. La preuve : il est mort par les pieds, d'un cancer du gros orteil, comme Bob Marley. Ma grand-mère aussi est morte du cancer — c'est de famille, comme la myopie et la calvitie. Le sein, elle, avec des métastases dans les yeux, et les poumons, et le foie, alouette ! C'est bien beau, des seins, mais le problème avec eux c'est les tumeurs. Il avait raison, mon philosophe de papy : les progrès de la médecine ont démocratisé le cancer. Mais il faut vivre sa maladie à tombeau ouvert, rajoutait-il, et il s'est soûlé jusqu'à son dernier soir pour montrer l'exemple. Le cancer est soluble dans l'eau-de-vie, affirmait-il, et même un peu dans la morphine, sauf vers la fin. Il souhaitait qu'on donne ses organes à la science, sauf le membre viril qu'il voulait plonger dans la saumure, dans un pot de langues de porc, pour l'offrir à ma grand-mère en cadeau d'adieu. Il voulait aussi qu'on lui fasse faire trois tours sur lui-même dans son cercueil avant de l'enterrer, pour l'empêcher de retrouver le chemin de la taverne. Ah, papy, je t'aime; mamy, je t'adore, je te vénère, tu as tant prié pour moi en pure perte, cher ange de mon enfance, j'aurais voulu te rendre ton amour au centuple, mais nous ne sommes rien face au nombre de Dieu.

Ce soir, peut-être, le couchant dans ma vitre aura les moirures d'un vermouth ou d'un porto millésimé. Sous la jonque de la lune je déglutirai mes remèdes en pensant à mes grands-parents, puis j'irai me recoucher en rêvant à toi, mon cher fils unique, avec trois doigts de jalousie, un zeste de spleen et une écorce de quinquina, vu que c'est tonique. Dans le soupçon de ma médiocrité, je fais le polichinelle, mais c'est nerveux, parce que j'ai peur d'avoir perdu ce fonds d'humanité sans lequel on ne peut vivre sans absoudre, sans lequel on ne voit plus que la nudité des restes de l'ultime boucherie. Mais pardonner quoi ? À qui ? Pour quoi ? Pardonner tout, à tous, pour rien ; je ne vois pas d'autre issue. En attendant, il faudrait tout de même canoniser les singes verts pendant qu'il en reste, parce que, grâce à eux, on a un vaccin contre la polio. Les singes verts sont des saints martyrs, ainsi que les chiens diabétiques, les lapins enragés, les chats leucémiques, et les souris de laboratoire que l'amour fait chanter, mais les hommes, pathétiques chimpanzés dénaturés, ne savent plus ce qu'ils doivent aux bêtes. Chacun devrait égorger des animaux et les étriper pour se nourrir. Dans la chaleur du sang des entrailles, dans tout ce rouge liturgique souillant nos mains tremblotantes, nous redécouvririons le caractère sacrificiel de la vie ; nous recommencerions à aller à l'église, à prier Dieu et son Agneau sans tache, à demander honteusement pardon à la Vierge et à nos mères si pures.

Ma mère ? Oh, bordel. Il faudrait absolument, mon fils, que tu m'emmènes la visiter un bon dimanche, plutôt bientôt d'ailleurs, à l'hospice des vieillards. Là-bas, la vue est si belle sur la rivière L'Assomption saturée de purin ; et les murs sont si gris ; la viande est si maigre ; le lait est écrémé comme les écoles publiques. Et la margarine est livide comme la figure des malades. J'espère seulement qu'ils lui donnent bien tous ses médicaments et qu'ils ne lui volent pas ses cigarettes, les charognards. Je crains qu'ils la bourrent de riz et de carottes bouillies pour lui cimenter les boyaux ou bien qu'ils la laissent perdre ses légumes sans jamais changer sa couche archi-pleine.

La dernière fois que j'y suis allé, à Noël, le pénible aumônier domestique, le grand chauve au front jupitérien et aux grosses mains carrées de fossoyeur, qui promène ses eucharisties de lit en lit dans sa pyxide dorée, m'est tombé sur les rognons avec le point de vue théologique : alors que la plante et l'animal *succombent*, seul l'homme *meurt*, c'est-à-dire qu'il voit son âme s'ouvrir au tout, blablabla, de sorte que la mort n'est pas la fin de son existence mais le commencement de l'éternité, plénitude de l'être, et patati, et patata. Bordel ! Il n'avait même pas l'air de se demander comment on peut encore parler de commencement à propos de l'éternité. Ce même soir-là, je t'avais plongé dans l'embarras, mon fils, parce que, au lieu de féliciter l'aumônier endimanché pour sa jolie messe de minuit, je m'étais mis à glorifier le fameux singe récemment exhumé dans le désert, le vieux Toumaï du Tchad, duquel nous descendons tous, et le rire de l'aumônier avait détoné comme une déflagration. L'homme descend du Christ et le Christ descend de Dieu, avait-il tranché, hyperbolique, prompt à invoquer la hiérarchie paulinienne, puis il avait ajouté : sur la terre, l'homme trône au sommet des règnes et, s'il regarde au-dessous de lui, il peut voir des singes, ces êtres qui lui ressemblent physiquement, blablabla, mais l'homme doit alors comprendre que, s'il appartient à la terre par le corps, il appartient au ciel par l'esprit, ce qui lui apprend à rester petit devant Dieu tout en se faisant le maître de la nature, et patati, et patata, l'homélie lui pissait de partout, encore une hémorragie, mais au fond j'ai pitié de tous ces infirmes sans femmes qui s'abîment dans leurs prêches sans cesse avortés. (Il paraît que les motifs du célibat des prêtres plongent leurs racines jusque dans *La République* de Platon, mais je ne vois pas très bien en quoi cela fait autorité et nous nous querellons sans repos, l'aumônier et moi, au grand désespoir de ma pauvre mère aux entrailles déchirées.)

Heureusement, Dieu, aussi fugace qu'un brin de muguet, passe en coup de vent, comme le cul d'un homme dans le lit d'une morue, et l'on meurt seul et décharné, le sexe flapi. Mais la chose est égale : Iahvé, puisqu'il faut bien, un jour ou l'autre, l'appeler par son nom et le regarder dans le blanc des yeux, Iahvé, vaste lacune cardinale de nos solitudes circulaires, est le vacuum de l'être éternisé dans l'au-delà. Voilà pourquoi Dieu se vaporise à jamais sous la compression d'une dialectique bien suffocante. Je veux dire, mon fils, qu'il serait tout aussi insensé, pour un soi-disant bon Dieu, de se révéler que de ne point se révéler, puisque, se révélant tout à coup au beau milieu de l'histoire humaine, il avouerait son dédain pour les milliards d'hommes d'avant l'illumination ; et par ailleurs, ne se révélant point, il s'accuserait de n'avoir pas l'omniscience de la lumière et de n'être pas une réalité éternelle. Et puis, dans ce bas monde, l'existence supposée du Christ, si on veut aller jusque-là, serait la preuve ultime de l'inanité de Dieu, car un véritable Dieu aimant et tout-puissant aurait su se manifester par lui-même, sans intermédiaire historique, et il se serait cristallisé pareillement, pour tous et de tout temps, n'aurait sacré ni peuple ni prophète d'élection, mais aurait eu tous les pouvoirs sur chacun et n'aurait pas permis qu'on pût interpréter tendancieusement et sa parole et ses desseins. Malgré tout, les pauvres gens veulent absolument croire à l'existence d'une âme providentielle qui leur survivra pour traverser les nuits de l'éternité, comme un blanc cheval ailé à la crinière flamboyante, mais ces pauvres gens ne soupçonnent même pas la présence, dans leurs délires entachés de métempsycose, d'absurdes survivances archétypales de la doctrine orphique. Me suis-tu ?

Oh mon fils, je ne vais pas bien du tout, je pousse tout au noir et l'angoisse me reprend de revers. Je n'ai plus aucune tolérance et j'ai envie de cogner sur tout ce qui bouge. C'est que c'est long, cette agonie bas de gamme : je meurs à la vitesse d'un cheveu qui pousse et ça porte sur les nerfs. Et j'ai bien peur que ça m'incite au meurtre. De jour en jour je ne remarque presque rien, mais de semaine en semaine je fonds comme du beurre dans la casserole aux petits oignons. Ma vie : une soupe à la grimace, clairette, insipide, où surnagent quelques tronçons de nouilles recyclées. Mon *curriculum vitæ* : un pedigree de chien écrasé. Pas très romancée, la biographie du grand homme. Je détourne les yeux et soudain j'aperçois dans la vitre mon visage. D'une rigidité de pierre, traversé par l'espace vide et noir de la nuit, il hurle ma vilenie. Et mon crâne épluché me donne l'air d'avoir la pelade. Au regard de l'infini, il est indifférent que je vive ou meure, je le sais bien maintenant, le destin est une féerie, l'ultime arrogance des hallucinés qui ne savent pas s'arracher à la divagation des temps, et il ne me reste de ce gâchis qu'un sentiment d'indignité qui me poisse comme de l'ordure.

Heureusement, Nabila passe me voir à point nommé et je me sens un peu mieux. J'ai même le cœur à lui parler de mon père, le bon docteur Roy. Au commencement de l'épidémie de sida, il s'était battu, mais battu pour vrai, à coups de poing, au campus Sir George Williams, avec un conférencier de Washington qui affirmait qu'on a synthétisé le virus dans le Maryland pour exterminer les homosexuels américains et les Noirs d'Afrique du Sud, sous la houlette de l'Organisation mondiale de la santé. Mon père abominait ces histoires de politisation des maladies et d'instrumentalisation des inégalités, alors il avait cassé la margoulette au conférencier devant tout le parterre. Il ne boitait pas des jointures, le diable de docteur Roy, et je le revois tout essoufflé et tout rouge d'avoir cogné dur.

« C'est un peu ce que nous faisons avec les malades, dis-je à Nabila. Nous instrumentalisons leurs souffrances. La preuve, c'est que beaucoup de mourants se plaignent de ce que leur entourage les pousse sournoisement à manifester un optimisme et une joie de vivre qu'ils ne ressentent absolument pas. Mon père trouvait ça très grave, parce qu'on est en train de transformer les maladies en images d'Épinal.

— C'est-à-dire ?

— On nie par lâcheté la détresse humaine et on culpabilise les malades de leur état pour préserver les mièvreries mystiques sur lesquelles on a stupidement assis l'univers. Résultat : notre monde est infesté de gourous frelatés qui soûlent leurs brebis d'utopies nuageuses, de bouillie pour cancéreux et de sagesse de soins palliatifs. »

Elle me trouve impitoyable, Nabila, et si peu empathique envers mes comourants, mais je sens que peu à peu elle s'accoutume à ma brutalité, surmonte sa répulsion instinctive et commence à m'écouter d'une oreille absorbée, la chère femme, sans chercher à m'infantiliser comme avant. Elle a même souri imperceptiblement à une de mes plaisanteries sur nos «protections», nos couches-culottes de clowns foireux. C'est touchant, ces métamorphoses humaines, et chacun devrait en profiter.

D'ailleurs, quand tu verras ta mère, mon fils, encourage-la à dominer sa répugnance et à passer me voir au moins une fois avant la semaine des quatre jeudis — avant que je lève les pattes pour aller grignoter les chardons par les radicelles. Tu n'as jamais rien su des secrets qui grouillaient derrière le divorce de tes parents, car nous souhaitions te préserver de ces outrages, mais sache que ta mère à la fin avait froid constamment auprès de moi, et que le besoin humain de chaleur animale lui semblait des plus pitoyables maintenant qu'elle avait envie de vomir toutes nos unions charnelles qui l'avaient polluée jusqu'à l'âme — son âme autrefois si ténue, disait-elle, autrefois si vague, comme la réminiscence d'un viol, mais dont elle ne doutait plus de l'existence dans son sein depuis que j'y avais lové ce serpent venimeux à force d'années et d'années de furieux coups de reins. Et c'est ainsi que nous t'avons condamné à revivre sans cesse les faux espoirs d'une réconciliation et l'arrachement des adieux, et pour cela nous méritons d'être rongés par des vautours.

Quand tu reverras ta mère, dis-lui que j'ai fini par tout comprendre et que la nuit ma déchéance me hante jusque dans mes rêves. Je me tasse en œuf, dans mes draps qui sentent l'aigre, et je fixe le vide, les yeux éteints, songeant à ma vie, cet interminable chapelet de bévues dont l'origine se perd dans un nuage, quelque part dans les sangs de la matrice. Je me suis fait une religion de tout vous dissimuler, mais sache que ma prédestination à l'échec m'a toujours entraîné vers la malveillance. M'irritant sans cesse du bonheur des autres, j'ai souhaité du mal à tous ceux qui me surpassaient en intelligence et en mérite — mais je sais maintenant que le regard secret de toute l'humanité découvre l'indignité de mon âme et c'est pourquoi je dors si mal la nuit et que, le jour, je ne regarde jamais personne dans les yeux et ne peux sortir de chez moi sans vaciller sous la pesanteur du jugement des inconnus. Il me semble que mon indigence éclate dans tout ce qui m'entoure ; dans ces objets inutiles qui encombrent les étagères ; dans ce plafond lépreux, mal stuqué, qui se désagrège par plaques ; dans les dangereux retours de flamme de la chaudière à mazout détraquée ; dans la cave infestée de moisissures et dans les murs même de cette maison dégradée que je n'ai jamais entretenue malgré les récriminations de ma femme.

Aujourd'hui, du fond de ma résignation mélancolique, je reconnais ma négligence dans les imperfections du petit monde que j'ai piètrement bâti dans la rancœur, comme si j'avais de tout temps cédé à la mort par lassitude. Et l'empreinte de mon âme inconsistante se révèle jusque dans tes insuffisances, mon fils, et dans les désillusions de ta mère qui m'a toujours inspiré une terreur des caresses et une hantise de l'intimité conjugale. Finalement, je n'aurai eu pour elle que des pulsions pornographiques, et ici tu dois comprendre que je n'ai jamais aimé personne — ce qui s'appelle aimer. J'aurai vécu à la surface des choses, dans l'écume de l'ego, sans rien connaître des vérités intimes de cette femme. Comme tu vois, mon fils, je n'ai pas trouvé Dieu auprès de ta mère, hélas ! En vérité, je suis peut-être venu chercher une névrose de transfert, qui sait ? Ou l'essence des mondes incalculables et le prix de la faiblesse humaine. Autrement dit, je me suis peut-être glissé dans sa vie pour faire flatter mon handicap, mais j'aurais peut-être dû me contenter d'être un continuateur des pélagiens, ces hérétiques qui évitaient la procréation pour ne pas faire de malheureux dans la vie. Démocrite non plus ne voulait pas avoir d'enfants, parce que leur éducation est polluée par la philosophie. Au fond, j'aime le vide, le rien, l'absence ; je suis un homme sans consistance. Tu sais, on dit que les Arabes ont inventé le zéro, mais c'est faux : c'est la civilisation hindoue, grâce à un long passé de spéculation philosophique sur le Néant — et je te demande pardon, mon fils, mille fois pardon, si j'ai fait de toi un autre homme nihiliste et désespéré.

Quoi qu'il en soit, je suis inapte à l'amour, et c'est une infirmité, comme l'hydrocéphalie. Je m'en suis toujours foutu royalement, mais tout d'un coup j'en souffre à en crever. Quelque chose d'épouvantable s'est produit alors que j'avais le dos tourné, quelque chose comme la folie de juger de ma vie sous les couleurs de l'universel — legs tardif de mon père, dirait-on —, et me voici piégé dans les fers de mon corps, dans la chambre de torture de mon existence, mais par extraordinaire j'éprouve maintenant pour vous deux, ta mère et toi, une pitié sincère, semblable à celle que j'ai toujours ressentie à la vue d'animaux malades et efflanqués. Tout en moi proclame la misère et je ne ferai pas de vieux os pour la chienne de vie qui, elle, ne fait pas deux fois l'aumône. Ce serait un miracle si je parvenais à traîner ma carcasse jusqu'à Pâques. D'ailleurs, je ne suis même plus capable de me pencher pour ramasser la palme du martyre qui traîne sous mon lit dans les chatons de poussière. Par contre, certaines nuits je peux toucher concrètement la fin de mes jours et je sens la mort qui m'entoure de toutes parts et me domine comme un ciel punitif, la mort tangible comme des murailles, mais tout est bien qui finit bien : mon vœu le plus cher est de disparaître au plus vite de la surface de la terre et de la mémoire des hommes pour vous soulager de ma présence.

Quoi que je fasse, je suis déjà un petit tas de cendres refroidies et je ne possède plus rien, ni ma terre natale ni l'eau de mon baptême, et j'exècre mon corps fait de restes d'humanité contagieux qui affleureront après mon ensevelissement et que les vents dissémineront jusqu'en des pays lointains où l'on n'aura pas la moindre idée des poisons que le ciel charroie, mais où les miasmes de mon être reparaîtront comme des fièvres cérébrales ou des nodules nécrosés dans les viscères d'un homme qui ne ressemblera à personne et qui se demandera à son tour, dans la solitude de ses nuits et la désolation de son époque, s'il ne serait pas un pauvre déchet venu d'un temps où l'on ne possédait rien, ni sa terre natale ni l'eau de son baptême.

Une autre boucle est bouclée au sortir de ce cauchemar circulaire, et la voilà, la vie, si cruelle et si parcimonieuse, où tous les instants de vrai bonheur, tous ces instants mis bout à bout, ne durent que quatre ou cinq minutes. Et c'est pareil avec Dieu : Dieu n'équivaut qu'à quelques minutes de vraie grâce dans toute la vie d'un homme, pas davantage. Le reste, c'est de la théologie.

Pour finir, mon fils, entends mes dernières volontés : après ma mort, je veux que tu offres à ta mère mon exemplaire tout neuf de *L'Art d'aimer*, d'Ovide, et que tu l'instruises de cette formule du poète immortel : « L'important pour une femme est de ne pas sentir le bouc. » Et remets-lui aussi le bout de papier que j'ai croqué un jour dans un *fortune cookie*, au restaurant *Kam Foo*, qui me sert de signet et où l'on peut lire ce charmant proverbe chinois : « Le prix de la luxure est la mort. » J'espère de tout cœur que ta mère comprendra le sens de mes lamentations posthumes.

Ensuite, je fais don de mes rares organes encore sains à Nabila, mon infirmière volante, Nabila Louhichi. Elle pourra les vendre au marché noir pour s'offrir un peu de luxe, rembourser quelques dettes, faire aux indigents l'aumône de la zakât ou pourvoir un parent pauvre d'un passeport canadien, mais qu'elle ne me remercie pas, surtout. Pour une fois que je me dépense sans compter, foutez-moi la paix.

Quant à ma pauvre mère adorée, ta grand-mère, je lui exprime tout mon amour jamais éclos et lui lègue ma cargaison de couches inutilisées. Elle me reverra bébé et sourira peut-être ; elle se souviendra de mon premier poème, *La Mour et la Mitié*, et me pardonnera tout.

Et mes yeux se fermeront
Comme des magasins de couleurs.

Allume-lui aussi des tas de lampions à l'église de son choix, approvisionne-la en cigarettes jusqu'à son dernier râle, paye-lui des messes jusqu'à plus soif. Et n'hésite pas à la confier à la médecine privée si l'édifice social achevait de tomber en décrépitude.

Quant à toi, fiston, je te le dis sans m'embarrasser de circonlocutions : empare-toi jovialement de tout ce que tu veux, liquide mes meubles, ma voiture, ma maison ; dépouille mon cadavre selon ta fantaisie et paye-toi des femmes avec le capital-décès de l'assurance-vie ; jouis de ta vie et de ma mort, encaisse mon fonds de retraite et toutes les rentes possibles et imaginables et laisse-toi pourrir jusqu'aux moelles, tu le mérites bien, tu es le roi maintenant et je suis ton esclave, tu es en passe de devenir mon seul dieu et je n'en ai plus rien à foutre.

Ah oui, j'oubliais : je te lègue la vieille thèse de maîtrise de ton grand-père, du temps que le cher homme se livrait passionnément à l'épistémologie à l'université McGill, thèse intitulée *Paracelse ou la philosophie de la nature à la Renaissance* ; *Voyage aux sources de la chimiothérapie*, où il est question de mysticisme oriental renouvelé et de médecine chimique antiaristotélicienne. On y apprend que les métaux croissent et tendent vers l'or, comme tous les êtres de l'univers tendent vers la perfection ; que les vertus matérialisées dans les métaux sont des forces astrales ; qu'avec une once de teinture de Soleil on peut teindre mille onces de Soleil ; et que l'homme, puissamment constellé d'astres, doit errer comme les maladies s'il souhaite les comprendre.

Cette thèse, je l'ai encore relue dernièrement, un matin, après la visite surprise d'un quinquagénaire aux manières distinguées que j'avais pris à tort pour un Témoin de Jéhovah. Entrez ! que j'ai crié, la porte est débarrée ! Je venais de mettre sur la platine laser les *Hébrides* de Mendelssohn, une ouverture composée par le célèbre musicien allemand qui avait été inspiré par les sonorités de la mer s'engouffrant dans la grotte de Fingal, en Écosse, mais le visiteur était à cent lieues de ces considérations artistiques. Chaussé de souliers à piqûres et vêtu d'un pardessus strict, les épaules en portemanteau, il trimbalait sous le coude un porte-documents en maroquin, couleur de feuilles mortes, et il faisait entendre une voix de violoncelle sur un accent d'ailleurs. Manifestement, il était venu pour parler, et non pas pour écouter. Arborant à ses revers un bijou maçonnique — un pélican nourrissant ses petits de son propre sang — et une croix dorée ayant une rose rouge en son centre, il s'est présenté comme un éminent rosicrucien et je l'ai invité à s'asseoir. Dans les sermons de saint Bernard sur le Cantique des cantiques, m'a appris l'inconnu, la fleur et la croix symbolisent les noces de l'âme avec Dieu. J'ai répondu que ça m'intéressait beaucoup et il a amorcé une réflexion sur l'histoire de la Création, sur une cosmogonie tragique qui aurait entraîné la chute de l'Homme et celle de la Nature. Moi, encore un peu endormi, assis nu-pieds dans le salon, je l'écoutais de mon mieux. L'alchimiste est médecin de l'être et des choses, disait-il, puis il s'est mis à parler des alambics des faiseurs d'or, des extracteurs de quintessence et du petit cosmos que j'incarne, écho du macrocosme. Sur ces entrefaites, Nabila est arrivée comme un boulet de canon, qui a mis fin illico à mon entretien avec le sympathisant de l'Ancien et Mystique Ordre de la Rose-Croix.

« Vous devriez avoir honte, monzieur, de déranzer ainzi un grand malade », s'est formalisée Nabila. Sans sourciller, le colporteur de la confrérie secrète en a profité pour nous inviter à une assemblée du chapitre, au manoir Rouville-Campbell du mont Saint-Hilaire, où il serait question de matière et de conscience, de la vie harmonieuse avec les lois cosmiques. Il y aurait même un invité de la Grande Loge de Hollande et nous pourrions y admirer un exemplaire des *Noces chymiques* de Christian Rosenkreutz, l'édition originale de Strasbourg.

« C'est ça, adzieu, monzieur, adzieu ! »

Une fois l'homme éconduit sur les trottoirs, j'ai convaincu mon infirmière volante d'aller fouiller à quatre pattes dans mes cartons, au fond des garde-robes, à la recherche de la thèse de maîtrise de mon père.

« Ça va vous passionner, Nabila, il y a eu une époque où l'alchimie était musulmane, vous savez, et mon père parle des langages codés de la kabbale hermétique et de cet alchimiste arabe, dont j'oublie le nom, qui a écrit une *Clef de Sapience*.

— C'était un drôle d'oiseau, votre papa, dites donc !

— Plutôt, oui. Quand on le présentait comme médecin, il haussait les épaules et répondait qu'il n'y a pas de sot métier. »

Comme le vieil Esculape, le bon docteur Roy voulait guérir les gens en les divertissant — poil au séant ! Et, s'il s'est intéressé à la philosophie alchimiste, c'est que derrière le secret de convertir tous les métaux en or se cachait celui de prolonger la vie humaine dans un corps exempt de douleurs et d'infirmités. Noble rêve, en effet, mais mon père fut aussi entraîné par des illusions chimériques de cupidité et de faiblesse. Du temps de sa jeunesse, par exemple, il caressait le rêve de donner son nom à quelque structure organique nouvelle, à quelque phénomène physiologique inobservé ou à une maladie énigmatique, et même de mettre au jour des lois cosmiques ou infinitésimales en les mathématisant — citant les paroles de Démocrite, il avait longtemps affirmé qu'il préférerait découvrir une loi naturelle qu'être roi de Perse —, et c'est à dessein d'épater ses collègues du monde entier, réunis en congrès de médecins à San Diego, Stockholm ou Yokohama, qu'il avait collectionné les cas rares. Mais les choses n'avaient pas tourné en sa faveur et, s'il avait longtemps envié Planck et sa constante, Fallope et ses trompes, Malpighi et sa couche épidermique, Langerhans et ses îlots pancréatiques, Sylvius et sa scissure, De Graaf et ses follicules ovariens, il avait fini par être désillusionné sur ce côté de sa vie et s'était proposé peu à peu un but plus élevé : bien soigner ses malades, aimer sa femme et ses enfants, aider les pauvres. Il ne parviendrait jamais à la célébrité d'un Niels Bohr, d'un Louis Pasteur ou d'un Norman Bethune, mais le bien-être de ses proches et de ses concitoyens valait bien un prix Nobel — et le royaume de Perse.

Cela dit, mon fils, excuse-moi d'être si rabat-joie, c'est une manie détestable, mais je dois absolument t'annoncer une dernière mauvaise nouvelle, la face cachée de mon héritage empoisonné. Sache, mon fils, que la vérité du monde ne peut pas être éternellement multiple, délayée dans les subjectivités et les bavures culturelles, souillée d'opinions et d'espoirs ; et sache que cette vérité finit par s'imposer fatalement à chacun dans son unicité barbare et inhumaine, puisque, par-delà l'agonie, le monde est le même pour tous. Ce jour maudit, pour moi, est dangereusement proche, et il ne me reste plus qu'à contempler mes vieilles lunes et à m'en aller au fil de mon sang. C'est donc à toi de jouer, fiston. Vis parmi les hommes si tu en as l'estomac, mais n'oublie pas : le soutien de leur être est la simplicité. C'est de Lucrèce, le poète latin devenu fou à la suite d'un philtre et suicidé à quarante-trois ans. Quant à moi, je reconnais dans tous les êtres et dans toutes les choses les noms et les formes d'une force universelle qui nous sacrifie aveuglément, mais peu importe, puisque notre lucidité demeure contingente. Sachant cela, je n'ai plus le choix : je dois m'accommoder de mon moi accidentel et cadavérique. C'est la mélodie que je me chante pour m'endormir, puis je laisse retomber mes paupières si lourdes, je noie mon visage sous des eaux noires, et je vois quoi ? Je vois la Terre cingler vers les étoiles en penchant dans la nuit, comme un vaisseau négrier.

« La vie consiste à gravir quatre collines, celles de l'enfance, de la jeunesse, de la maturité et de la vieillesse », a éructé à mon chevet la voisine, Mme Cinq-Mars, cette pauvre goitreuse des Appalaches qui se prend pour le grand manitou, sa face confite dans l'extraordinaire, sa spiritualité en gargarisme. Affublée d'un sac-médecine orné de perles colorées, elle en a tiré des griffes d'ours et des excréments de bison séchés, talismans d'un guérisseur chipewyan du Manitoba, puis elle a rôti des crottes dans un brûle-parfum et depuis que j'ai inhalé cette merde je me porte de plus en plus mal et je flambe de haine pour cette bohémienne infectée d'illuminisme.

« Vous avez pas encore remarqué, triple idiote, que j'ai un cancer du cul ? »

Elle s'est sauvée en pleurant, la Cinq-Mars, tant pis pour elle, que le diable l'emporte. Mais, le pire de tout, mon fils, et prie fort pour ton père si tu crois en quelque chose ou en quelqu'un, c'est que mes seules consolations possibles, les filles dépravées des bas-fonds, dès que je déboucle ma ceinture et baisse mon pantalon, désormais s'évaporent dans la nature sur la simple vue du petit sac à mon flanc, abouché à mon anus artificiel.

Table

LES ALLUSIFS

1. *Tête de pioche*
André Marois
2. *Prague, hier et toujours*
Tecia Werbowski
3. *L'autre*
Pan Bouyoucas
4. *King Lopitos*
Vilma Fuentes
5. *Du mercure sous la langue*
Sylvain Trudel
6. *Opéra*
Elena Botchorichvili
7. *L'origine du monde*
Jorge Edwards
8. *Amour anonyme*
Tecia Werbowski
9. *Amuleto*
Roberto Bolaño
10. *Le souffle de l'harmattan*
Sylvain Trudel
11. *L'une est l'autre*
Daniel Sada
12. *Avant*
Carmen Boullosa
13. *Le voyage*
Sergio Pitol
14. *Le dégoût*
Horacio Castellanos Moya
15. *Ich bin Prager*
Tecia Werbowski
16. *NewStart 2.0™*
Timothy Taylor
17. *Ce qu'il nous reste*
Aislinn Hunter
18. *La chambre d'amis*
Marcel Möring
19. *Anna Pourquoi*
Pan Bouyoucas
20. *Cadeau d'adieu*
Vladimir Tasić
21. *Monsieur Pain*
Roberto Bolaño
22. *Helena ou la mer en été*
Julián Ayesta
23. *Le jour des corneilles*
Jean-François Beauchemin
24. *La mort d'Olga María*
Horacio Castellanos Moya
25. *Ici repose Nevares*
Pere Calders
26. *La fille du kamikaze*
Kerri Sakamoto
27. *Le cantique de Meméia*
Heloneida Studart
28. *Le miroir fêlé*
Svetislav Basara
29. *La robe de bure*
Gabriella Baracchi
30. *Passes noires*
Giosuè Calaciura
31. *L'homme en arme*
Horacio Castellanos Moya
32. *Journal de bord*
Amy Fusselman
33. *L'homme qui voulait boire la mer*
Pan Bouyoucas
34. *Zones taboues*
Tilman Rammstedt
35. *Les huit cahiers*
Heloneida Studart
36. *Le naufragé du Zócalo*
Fabrizio Mejía Madrid
37. *L'ordre des choses*
Dominique Kopp
38. *Nulle douleur comme ce corps*
Harold Sonny Ladoo
39. *9 fois 9 choses que l'on dit de Mogador*
Alberto Ruy-Sánchez
40. *Une saison à Venise*
Włodzimierz Odojewski
41. *Pluie et papier*
Vladimir Tasić
42. *Déraison*
Horacio Castellanos Moya
43. *Un siècle de novembre*
W. D. Wetherell

MISE EN PAGES : FOLIO INFOGRAPHIE

ACHEVÉ D'IMPRIMER EN MAI 2006
SUR LES PRESSES DE L'IMPRIMERIE GAUVIN
À GATINEAU (QUÉBEC)

IMPRIMÉ AU CANADA